作家情事

陈自鹏◎著

亲情故事–恋情故事–爱情故事–友情故事–乡情故事

苦情故事–离情故事–悲情故事–冤情故事–矫情故事

中国文联出版社
http://www.clapnet.cn

图书在版编目（CIP）数据

作家情事 / 陈自鹏著 . -- 北京：中国文联出版社，
2016.9

ISBN 978 - 7 - 5190 - 2008 - 8

Ⅰ. ①作… Ⅱ. ①陈… Ⅲ. ①短篇小说—小说集—中
国—当代 Ⅳ. ①I247.7

中国版本图书馆 CIP 数据核字（2016）第 236401 号

作家情事

作　　者：陈自鹏

出 版 人：朱　庆

终 审 人：奚耀华　　　　　　　复 审 人：蒋爱民

责任编辑：胡　笋　　　　　　　责任校对：傅泉泽

封面设计：中联华文　　　　　　责任印制：陈　晨

出版发行：中国文联出版社

地　　址：北京市朝阳区农展馆南里 10 号，100125

电　　话：010 - 85923062（咨询）85923000（编务）85923020（邮购）

传　　真：010 - 85923000（总编室），010 - 85923020（发行部）

网　　址：http：//www.clapnet.cn　http：//www.claplus.cn

E - mail：clap@clapnet.cn　　hus@clapnet.cn

印　　刷：北京天正元印务有限公司

装　　订：北京天正元印务有限公司

法律顾问：北京天驰君泰律师事务所徐波律师

本书如有破损、缺页、装订错误，请与本社联系调换

开　　本：710×1000　　　　　　1/16

字　　数：261 千字　　　　　　印　张：15.5

版　　次：2017 年 1 月第 1 版　　印　次：2017 年 1 月第 1 次印刷

书　　号：ISBN 978 - 7 - 5190 - 2008 - 8

定　　价：46.00 元

序

有类作家是写故事的人。

写什么故事？写亲情故事，写恋情故事，写爱情故事，写友情故事，写乡情故事，写苦情故事，写离情故事，写悲情故事，写冤情故事，有时也写矫情故事，总也离不开一个"情"字。

我想成为这样一个写手，而且打小就想。

我曾经在农村生活19年，说实话，那是刻骨铭心的一段日子。当时农村生活的单调、无聊、贫穷给了自己奋发的力量：一定要冲出去！冲出去看看外边是怎样一个世界。

出了村，进了城，上了学，领得了文凭，登上了讲台，做上了教师，终于发现自己还算是一块做教师的料。魏书生说：做教师的就是在黑板上写几个字，跟学生说几件事。看似简单，做着复杂。尤其这说事的本领，需要天赋，更需要修炼。修炼好了，你这教师就在这三尺讲台上站稳了，立住了。幸运的是，自己在39岁时就成为天津市中学英语特级教师，并在此后受邀成为4家省市级报纸杂志的专栏作者。

作为教师，我知道三尺讲台是实现人生价值的平台，是发挥聪明才智的舞台，是观摩各类故事发生、发展的瞭望台。于是，在这讲台上我不仅收获了成长，收获了成功，收获了成就，意想不到的是，业余笔耕还收获了一百多篇有意思的小小说。多篇小说在《自贡日报》《天津教育报》《杂文月刊》《微型小说月报》《当代小小说》等刊物以及静海作家网、京津冀文化网、贵州作家网等网站上与读者见过面，得到了大家的首肯或批评。更有意思的是，有一些关系不错的朋友读了小说后给我打电话，问小说里写的是不是他们。我笑着回答说：文学作品，纯属虚构。若有巧合，实属荣幸。但我心里窃喜：写得可能还行！

毋庸置疑的是，收录到这个小册子中的一百多篇小小说里的主人公有大人物，有小人物，有喜怒哀乐，有悲欢离合。一个个人物络绎登场，演绎着人间一个个情事。其实，每个大人物也是小人物，他们也离不开吃喝拉撒。每个小人物也是大人物，他们也有家国情怀。我的笔下有诙谐，有幽默，有赞扬，有褒奖，有讽刺，有批评，这些人物是鲜活的，读着读着你会发现，这个人好熟悉！这人就在我们身边，可能是你，可能是我，可能是他，可能是咱哥，可能是咱姐，可能是咱爸，也可能是咱妈。阅读中，有了思考。笑声中，有了启发。这便是小说的魅力，这便是文学的功用。

写严肃的学术文章久了，惯性使然，感觉自己在小说语言运用上仍然刻板有余，活泼不足，这在以后的作品创作中可能会有改观。由于自己是英语文学专业出身，受西方文学叙述方式的影响日久，故事讲述方式多多少少有西方小说的影子，但愿读者能够接受，能够欣赏，能够喜欢。当然，文字粗鄙，笔力软弱，想象贫乏也是小说初学者的通病，吾自当见贤思齐，勤勉修炼，不断提高，努力完善。

感谢作家李恩红女士和评论家王承俊先生的厚爱，感谢作家佛刘先生的悉心指导，感谢孔密如、王同娟、李艳霞三位老师分别研读了每一篇作品并从小说立意、语言文字和情节构思方面提出了改进建议。感谢老朋友樊景良先生的鼎力支持，感谢中国文联出版社各位编辑的辛勤付出。

每一个作品的问世，都是值得庆贺的一件事情。但是，作为作者，我也深知每一件作品都不是完美无缺的。俗语说，文无第一，武无第二。不奢求第一，能够放胆把作品印出来让大家批判也是一件极具魄力、极具勇气的事情。诚请各位读者读后留下批评和建议。在此拜谢了。

作者　陈自鹏
二〇一六年八月

目　录
CONTENTS

对号入座

发了一篇微型小说《最后的话》，写的是老李头弥留之际对几个孩子施以教育的事。随后，祝贺声、质疑声、责怪声、问罪声竟然不绝于耳。

这不，同事牛强电话过来了：陈老师又发文章啦？

我说：不好意思。

牛强：我可知道你写的是谁。我保密你请客啊！

我苦笑着说：没写谁，瞎编的。

嘴里说着，心里却想：请什么客？就是个文学内刊，连稿费都没有。发篇小说请顿客自己还得花个三头二百。亏大发了。

没想到，过了不大一会儿，一位叫马辞的家长电话过来了：又写小说啦？

我说：是。琴棋书画、说写读算是教师的基本功。想练练笔。

马辞不紧不慢地说：练笔可以。写得太具体会得罪人的。

我回答说：谢谢您的提醒。文学作品，没人当真。

马辞嘿嘿一笑：但愿如此。

上午要下班的时候，一位叫杨铎的朋友突然打来电话：我说你，你也够狠的？

我问：咋？

杨铎：还咋？我们老爷子刚去世，你这小说就写出来了。

我解释说：小说纯属虚构，请勿对号入座。跟你家一毛钱关系也没有。

杨铎很生气：没关系？谁信？说心里话，我们哥几个是有些不孝，但你写得也太具体。连我们哥几个在医院里每人陪了老人几次几分钟都写出来了。告诉你啊，你得纠正一下。老爷子走的时候，是穿着棉衣，因为是在冬天。再说，他也没有把钱缝到衣服里烧掉啊？你这么写是何居心？

我一听也来气了：你这么对号入座，我也没有什么办法。

只听对方"哼"的一声，摔断了电话。

下午一上班，朋友李力电话又过来了：你可气死我了。

我问：什么事生这么大气？

李力：还什么事？你老人家《最后的话》那篇小说里的那个老爷子做得也够绝的，把钱和古董都烧了。你说这样的事会有么？

我说：没有，都是虚构的事情。

李力不依不饶：虚构？你虚构为什么说是老李头？为啥不说老陈头呢？

我……

靓妞两变

虎峪镇黄镇长爱猫那是出了名的。路上要是看见一只野猫溜达，他一准停下脚步喊一声：哎，干嘛去？野猫吓一跳，定睛一看：不认识。不认识我，你喊我干嘛玩意？于是，飞也似地逃了。

镇长爱猫，可是镇长夫人不让他在家里养。有一次，他的一位同事送他一只漂亮的波斯猫，那只猫绒绒的毛儿老长，两只眼睛分别闪着蓝色和黄色两种不同的光芒。漂亮也不行，夫人不管三七二十一，等黄镇长上班前脚出了门，后脚就把波斯猫送了人。他拿夫人一点办法也没有。

但是三年前，不知怎么的，镇机关楼一楼小车班工具库里就悄悄地来了一只野猫。这野猫让黄镇长简直是心花怒放了。为啥？因为小猫长得太漂亮了。小猫可能也就两个月大，浑身白色的底儿，间有些许的黄花花儿，长长的胡须，扫帚粗的尾巴，黑黑的眸子泛着柔和的光，走路一步一颤，见人羞羞答答，小老虎般地喵喵叫着，似乎在质询着周围的人：你们都是谁？

见来了只野猫，黄镇长每天早上都要带一点吃的东西来。要么一块饼干，要么一块蛋糕，要么一段火腿肠，要么一块烹熟了的还带着刺的带鱼。为什么带刺呢？用黄镇长的话说，用进废退。不给她吃带刺的鱼，她咀嚼能力就会退化。呵呵，想得可真周到。

不仅是喂，黄镇长还边喂边逗，给她起名靓妞。小猫起初怕他，见他天天带好吃的食物来，知道这瘦瘦的而又有些儒雅的汉子并无恶意，几个月下来就熟悉了。只要黄镇长的脚步声一近，她就欢快地叫着迎接他。黄镇长一喊靓妞，靓妞就噌地跳将过来更加欢快地打起招呼。每当此时，黄镇长往往喜不自禁起来。

见黄镇长每天喂猫逗猫，机关里爱猫的人似乎也多了起来。

办公室主任老李每天给小猫换水。每天的水盆洗得一尘不染，清澈见底。

团支书小张做得一手好饭，每天换着样的做这个弄那个，家里吃什么，就给小猫带什么。

镇经委主任小姜节假日总爱出去钓鱼，钓来的鱼什么品种都有，有鲤鱼，草鱼，鲫鱼，黑鱼，鲶鱼，甚至还有鳝鱼，甲鱼。他也做得一手好菜，每次钓鱼回来都会做一锅美味的鱼汤，汤里捞出的鱼肉等物就便宜了靓妞。

大家天天给野猫带来好吃的食物，于是，好吃的东西就太多啦。冬去春来，只让这只可爱的小猫吃得昏天黑地，日月无光，那叫一个爽！

您再看靓妞：大腹便便，步态稳健，身宽体胖，毛色发亮，见人不躲不藏，好像通了人性，晓了人意，长了人脑，似乎有了人的模样。

黄镇长看见猫在长大，工作生活上似乎精神提振了不少。

然而，忽一日，镇乡干部交流，一纸调令把黄镇长调到了县里最偏远的茅头镇。

举家搬迁过去，这野猫不能随家搬走，再说，夫人也不允许。

黄镇长好久没有回来，但还是牵挂着靓妞，不时也会打听打听。大家说：放心，猫在，挺好。

一天，县里组织镇乡城镇化建设工作观摩交流，黄镇长得以回到虎峪镇，他趁活动间歇，来到小车班。只见工具库还在，那只猫儿已经不在库里。突然，一道白光在眼前闪过，黄镇长定睛一看，原来是只大猫蹿上了围墙。黄镇长仔细看过去，没错，是我的靓妞！但见她，毛发长长，黯淡无光，瘦骨嶙峋，腰细腿长，看人满怀敌意，好像受了欺骗，吃了棍棒，挨了刀枪，完全已是丐帮帮主的模样。她凄惨地叫一声，似乎在问：你是谁？

黄镇长暗叹一声：唉，可怜的靓妞！

出乎意料

听说省内一位教授来学院作国学讲座，心向往之。

这位教授在国内特别有名，特别受业界瞩目，特别是他在墨家学派研究方面术业有专攻，人称大家。

我也是墨家推崇者，还出版有《墨家学派考》一书。但是书出版后，研究一直没有新的进展，至今我在我所在的文学院仍是个小小的讲师，说来惭愧。

讲座进行了一个上午。教授讲了墨家的起源，墨家的主张，墨家的盛衰，墨家的影响。但是以我的研究来评判，总的感觉是深度不够，评价也过于肤浅。于是我用智能手机搜了一下这位文教授收录在中国知网上的所有学术论文，看过论文，大吃一惊。

为嘛？

一篇论文《墨家学派考》发表在某家文史哲核心期刊上，竟然从标题、内容到标点跟我的论述都一点不差，不，除了作者！

我不敢相信自己的眼睛。

于是，深度搜索。

文章发表在 2004 年，我的书出版时间是在 2003 年。

于是，继续搜索。

文老师 2005 年被评为教授。网上有他的事迹报道，因研究墨家学派，成绩卓著，破格晋升教授职称，成为他那个大学里最年轻的教授。

我有些愤怒。

我这《墨家学派考》一书的作者现在还是个屌丝，抄袭书稿的老师已经成为名流，这到哪儿说理去？

于是，我按照他留下的电话发了一个短信给这位文教授。

文教授问：什么事情？

我说：一篇稿子的事情。

文教授接着问：稿子怎么了？

我答：被人抄袭了。

文教授警觉地问：被谁抄袭了？

我加重语气说：一位教授！而且是知名教授。

半天没有反应，过了一会，电话那头问：是强老师吧？

我说：是。

他声音低沉地说：咱们见面谈。

于是，咖啡馆里，我拿着那本书和小偷见面了。

倒上一杯茶，文教授给我鞠了一躬：对不起，您的研究很有价值。为此，我深感歉意。

我腰板挺直，看看他下面如何表演。

文教授翻翻我的那本由大天文化出版社出版的《墨家学派考》一书，突然神采飞扬起来。

这个倒是出乎我的意料。

他语气平静地说：对不起。实话告诉您，您的书大概是通过境外一家文化公司出版的吧？我查过了，这家出版社其实子虚乌有！

啊？这，这也太出乎意料了！

对门

俗语说，远亲不如近邻，近邻不如对门。可我的对门住着一个跟人老死不相往来的怪老头儿。

老头儿有多怪？

你看，收电费的来了，敲三次门，他可能会应一次。但应三次，也不一定开一次，弄得收电费的大姐一直抱怨。

抱怨归抱怨，他对谁都那样。他的独生儿子来了，他也是打开一个门缝，绝不让那个小子迈进屋子半步。邻居们都觉得这个老爷子不太懂人情，不太近人理。

老爷子多大岁数我搞不准，因为我只是在门缝里隐约见过他瘦削的脸，皱纹蛮多，胡子、头发白得没法说。可奇怪的是，有一天夜里12：00，我竟然在楼道里碰到了他。

记得那是初夏的一个晚上，我单位里有应酬，回家晚了些。进楼道的时候，正好是12：00。上了二楼正爬三楼，我被一个身影惊住了：原来是对门的怪老头儿。他戴着口罩正在吃力地拿墩布擦着楼梯，擦得那叫个细致，那叫个认真，那叫个到位。

我现在才知道，我那个楼道为什么那么干净。说实在话，因为工作忙，多年来楼道、楼梯我一次都没擦过，原来都是老大爷干的！心里不免一阵感动。但夜深了，我没有惊动打扰老人家，直接开门进了屋。

我跟妻子说：对门大爷每天都擦楼道你知道么？妻子说：知道。夜里我遇上过好几次。但老爷子很怪，他不打招呼，我也不好跟他打招呼。更奇怪的是，老爷子每次擦楼道时都要在水里放上一点来苏水，你没有闻到楼道里有医院的味道么？

是，闻到了。大概是大爷给楼道消毒吧！

妻子说：也可能是。听说老爷子过去是个有名的大夫呢。

大夫？没想到。

可更没想到的是，几个月后当妻子出差在外我一个人在家时发生了一件事。

那天，单位有紧急任务，我急急忙忙吃过早饭，慌张中把文件袋忘到家里。回去开门取出文件袋，关上门就下了楼。中午在单位用餐，晚上在外面招待客人，回到家已经是夜里11：00，上了三楼，一掏钥匙，糟糕，钥匙没在。

站在门那儿，我回想了一下早晨的情景。别是掉哪儿了吧？

这时，大爷咳嗽一声，打开一条门缝。咳嗽意在提醒，大概是怕夜里吓到我。大爷低声说：你的钥匙掉在楼梯台阶上，我给你捡起来挂在我的门把手上了。放心，我在这里守了一天了，没有别人碰过这钥匙。另外，钥匙用后要注意消毒，你看，我这结核病还没有好利索，怕传染到你们啊。

我，眼泪唰地流了下来。

对节木

玩木头的人越来越多了。我也随大流玩起了木头，什么紫檀、黄檀、崖柏、鸡翅、降龙、对节木等等收藏了不少。

一天和三个弟兄到风景区龙虎山游玩，看到山上有不少对节木，心里发痒，真想伐它几根啊！但是那天没带工具，其实主要还是怕锯树时让人抓个现行给猛罚一笔。

也是天无绝人之路。爬过道道山梁，走了两个多小时的路程，中午时分我们走到一个山坳里，看见一个农家乐。开农家乐的是一六十多岁的老汉。老人家慈眉善目，满脸皱纹，但走路带风，手头麻利，说话慢慢吞吞，和蔼可亲，一看就是农村老家亲人的模样。

哥四个坐下来点了菜，喝点小酒，与老人攀谈起来。

我问大爷：这山上都有什么树种？

大爷说：几百种呢。有黄杨，有柳树，有榔榆，有槐树，有杏树，有桃树，还有对节木呢！

我故意问：什么是对节木？

大爷呵呵笑着说：对节木名贵着呢！它的学名叫小叶贞子。

我又故意问：长什么样？

大爷耐心地说：这树枝条直，枝子很长，两侧对着生刺，刺根有小枝叶，我们山里人叫它对节木。

我还故意问：这木头能做什么呢？

大爷说：可以做拐杖啊！对节木有节非常好看，使用时间长了自然会变红，特别是手握的地方因为夏天常有手汗浸渍，最后红得发亮。好东西啊！

我故意表示惊讶：这么好啊！

大爷说：那当然。

我试探着说：您这里的对节木卖不？

大爷沉吟一会，看看我，看看周围，低声说：你要可以。

我问：多少钱一根？

大爷伸出一个巴掌：这个价。

我说：好。那我们一人一根，我们自己选，您给锯掉。

然后我又不无担心地说：可是大爷，这东西我们能带下山么？

大爷拍着胸脯说：当然可以。你们放心。

几个人二话不说，说干就干。我们和大爷快速地爬到了半山腰，那里对节木一簇又一簇，我们几个挑花了眼。最后，一根，两根，三根，四根，4 根漂亮的对节木到了我们手里，200 元钱装到了大爷的口袋里。

两个多小时后我们高高兴兴地下得山来。

山脚下入口处，突然有两位护林员拦住了我们：小伙子们，可把你们等来了。你们一共是4个人吧？我们在这儿等你有两个多小时了。花 50 块钱敢砍一棵树，你们胆儿可真肥！听好喽，把对节木放下，4 根对节，每根罚款 1000 元！麻利着点儿！

他妈的，这大爷！

古董孙

夏庄村有个怪人，姓孙，名正，是个地道的民间文物专家，人称古董孙。

古董孙文化水平不高，就是个初中毕业生，但他历史知识丰富，尤其是在地方文物研究方面确实造诣很深。古董孙在我们十里八乡，那是远近闻名。

听说古董孙收藏古董已经三十余年，手里有点存货。据和他要好的一个朋友跟我透漏，他家里光瓷猫就有 108 只，个个做工讲究，栩栩如生。有人听说他家有一百多只猫，以为是活猫，兴奋地跳着脚问：妈呀，那得多少猫粮？家里还不乱了套。古董孙捋着胡子翻翻眼睛语气平静地说：一点东西都不喂，个个乖巧听话。那人一听，以为古董孙神经有问题白天说梦话，赶紧躲得老远老远，还一边躲一边回头看，生怕古董孙追上来给他一巴掌。

我听说古董孙手里有个宝贝：宋代磁州窑梅瓶。平时喜欢收藏的我心里不免痒痒。

说实话，我收藏磁州窑的东西不少，但宋代磁州窑梅瓶还是没有见过真家伙。所以很想看看东西，跟他切磋切磋，若价格合适，顺便就拿下来。

但是，我想得太简单了。

古董孙文物是内行，交易也是内行。

那天上午十点在朋友金铭的引领下我到了夏庄。古董孙见我长得肥头大耳，眼神有些异样，是不屑，不快，藐视，鄙视，还是……很复杂的神态，一时还说不清楚。

东西看到了。

这是一只磁州窑白釉釉下黑彩划花缠枝牡丹纹梅瓶。高 40 厘米，小口、短颈、广肩、肩以下渐敛，圈足。我知道该瓶为北宋时期经瓶（梅瓶）典型造型之一，看器型，修长俊美，匀称轻盈，肩和腹部夸张，腰身瘦削、纤细，腰以下内敛，犹如苗条少女，富于轻盈、俏丽的美感。

古董孙把玩着梅瓶说：你看这瓶子多漂亮！先看这主题纹饰缠枝牡丹就知这是个难得的宝物。

古董孙侃侃而谈：你知道，缠枝牡丹是传统吉祥纹样，又名"万寿藤"，寓意吉庆。因结构连绵不断，具"生生不息"之意，为人们所喜爱。这釉下黑彩划花是磁州窑瓷器中的高档器物，非常罕见，国内外博物馆有为数不多的收藏，我这个是30年前花了大价钱从一个朋友那里匀过来的。

妈呀，这老爷子还真是不折不扣的专家。

我知道胎釉白釉釉下黑彩划花器是磁州窑器物中的高档瓷。看看外观，看看做工，掂掂手头，我知道这是一件宝贝。

观察完毕，我感到了自己的心跳，但还是装模作样地问一句：价位多少？

古董孙眼皮也没抬：200个吧。

200万？您开什么玩笑？可我心里知道他没有多要。

古董孙冷笑一声：东西对，低了不卖。

我掂量一下自己的余钱和承受能力，咬咬牙说：您看，我就缺这个品种，198个匀给我怎么样？

古董孙斩钉截铁地说：对不起，少2个不卖。我这个钱还有用处。

悻悻地走出了古董孙脏乱的院子，我心里也乱乱的。

好长一段时间心里都不痛快，但心里还惦记着那个瓶子。一个月后，遇到了金铭。我问他古董孙的瓶子出手了没有？

金铭说：出手了。

我急忙问：谁买走了？

金铭说：不知道。但我知道那个瓶子真卖了200万。而且200万他分文没取，全部捐给了村里正在建设中的小学！

神算一哥

7 年前的一天，身为县文化局长的我受领导邀请参加一次郊外的聚餐会。

到了饭店，县委办公室乔主任把我们几个人迎进了 203 房间。我定睛一看：好家伙，人事局、水利局、地税局、国税局、供电局、物价局几位局长都在，县委张书记也在。只有一人没有见过面。他着黑色长衫，腕缠珠串，体型微胖，四方大脸，棱角分明，印堂发亮，貌有异相。

我：这位是？

张书记欠了欠身子，介绍道：马经理，我朋友的朋友。地产大亨，易学大师，算天算地算运道，算人算事算财富，准得很，人称"神算一哥"。

大家颔首示敬。

落座后，不甘寂寞的人事局江局长首先发话：马经理，您看看水利局这位皮老弟运道如何？

马经理微转过头来，眯起双眼，打量一下皮局长的额头和下巴不假思索地说：说得对，给点掌声，说得不对，权当笑谈。这位老弟么，嘿嘿，30 岁上有劫难，熬了三年才过关，官运亨通是近年，后年应有喜连连。

大家吃了一惊。

这也太不可思议了。原来皮局长十几年前因为赌博被抓从农林局科长位子上一撸到底。三年后，人们把这件事淡忘了，做县委副书记的姑父才把他从农林局调到水利局，因为有能力，七年间从副科长做起，一直升任一把手。只是喜连连，还是未知数。

江局长一听来了兴致，说：真准。他看看我，坏笑着说：你看看我这邢老弟如何呢？

马经理笑眯眯地看了我一眼，随即说道：幼年坎坷失母护，求学走了小弯路，文才助尔登仕途，人生难得是糊涂啊。

妈呀，我暗叫一声：可真他妈的准啊！

不是么，五岁时妈妈离婚离家，我失去了母爱。赶上史无前例，求学路上一波三折，自学了点中文，文笔还算凑合，人家给了个秘书岗位，后来做了科长，副局长、局长。只是人生难得是糊涂，我还懵懂着。

正想着呢，大家热烈鼓掌。我也情不自禁鼓起掌来。为了掩饰自己被算中的尴尬，我起身去了卫生间。

待我回来后，瞥瞥大家的表情，似乎有些异样：关心，关怀，关切，同情？很复杂的表情，好像难以用语言表述准确。

神算一哥自顾大快朵颐，我坐在一旁，回想着刚才的事情，不禁崇拜起来，就说：马经理，留个电话吧！

神算一哥也很慷慨，慢吞吞地告诉我家里的座机号和常用的手机号，我表示了谢意。他也很得体地回应一下。席散了，自此六年之间我们相互没有通讯往来。

到了去年，已经退位的张书记把我找去喝酒，酒喝大了，告诉我个秘密：老弟啊，实在对不起，我很后悔听信了那个妖人。

我一脸不解。

张书记说：你还记得几年前咱们和那个什么易经大师吃饭的事么？那是我的朋友介绍来的，我跟他其实也不熟。

我说：记得啊，怎么啦？

张书记红着脸似乎在回忆着几年前的事情：记得你中间上了一趟卫生间么？你不在的时候，大师对我们说，记着，这个文化局长小老弟四年内会有一场大病，而且会危及生命。你回来时没看到我们奇怪的表情么？

我记起来了。可是我这不是好好的么，六年过来了，别说大病，就是连感冒都很少得啊，每年一次的体检连上下的箭头都没有，惹得年轻人都羡慕嫉妒恨呢。

张书记说：是啊。现在时限已过，我才敢跟你说开这个秘密。但是，这个大师的话，也影响了你的升迁。三年前，有个推荐你到外县担任副书记的机会，我想起来大师的话，觉得生命诚可贵，生活更重要，还是以各种理由否了这个推荐交流的机会。现在看来，真是蠢透了！请你原谅。

妈的，我心里恨恨地骂了一句，当然是骂那个马大师。但我转念一想，当时那个家伙算我们不是很准么？难道是他提前了解了我们的情况？还是什么智者千虑必有一失？也许，也许他是偶然失手也未可知啊。

于是，出于愤怒和好奇，饭后我拨了大师的手机号，手机中传来自动应答："对不起，您拨打的手机是空号。"我赶紧又拨通他留给我的家里的座机号。座机拨通了，是个女子娇滴滴的声音。

我：这是马经理家的电话么？

她：是啊。您找谁？

我：您是？

她哽咽着说：我是他的太太。

我：他在么？

她哭着说：他他他，他一年前得癌症去世了。

啊？这个神算一哥啊！还真他妈的是神算啊。

周大其人

周大发达了。

周大不是一般的发达。十几年前他在湘西的一个县里投资1000万建了一个中板厂。那些年里，中板销路畅通，板子还热着呢，卡车就一辆接着一辆排着队往外拉。

周大这人我认识。

二十年前他家穷得叮当响，家徒四壁不说，还欠了亲戚朋友3000元钱，那是他父亲得肺结核病欠下的钱。由于无力偿还，亲戚朋友们没少给白眼。周大是独生子，就跟他们说：对不起，帐不会赖，有了一定还给大家。

没有人信他，更多的是讽刺挖苦。周大心里不好受，表面上还是不动声色，对亲戚朋友们说：老少爷们，这钱我一定会还给大家。三年内还不上，三年后加倍奉还。

对他的信誓旦旦大家没有放在心里。

眼看三年头就要到了。这时他的一个远房姑姑想给他介绍个对象。对象一进门，周大心里凉了半截：那丫头胖得出奇，矬得出奇，声音还大得出奇。他心里不甜，但碍于姑姑的情面，加上自己家那个情况，他想要是爸妈乐意，他也就只能将就，不能讲究了。谁知一征求女方意见，胖丫、胖丫姐姐、胖丫姐夫、胖丫舅舅异口同声：不乐意！

为啥？还不是因为周大家太穷！

为此周大差点疯掉！

一周后的一个深夜，周大一袭黑衣回到家来。他对爸妈说：爸妈，日子不能这样过了。我跟几个伙计商量好到湘西一个厂子打工。说着，从上衣口袋里掏出一沓崭新的票子，数出3000元，又数出3000元，其余的又放进口袋，他说：爸妈，这3000块钱是还亲戚朋友的，这3000块留着您二老日常花销。我走了，你们多保重。我过几年就会回来！

说完，周大的身影消失在黑夜中。

六年后周大真的回来了。不过，不是他一个人回来的。他坐着小汽车还带回来漂亮的妻子阿芳和活泼的女儿小丽。

周大也不是空手回来的。他提议出资1000万元修一下村子通往外面的公路。村主任老激动了，赶紧招呼村委会成员跟周大喝酒。郎酒喝了一瓶又一瓶，村主任喝高了，已经搞不清自己是在村里还是村外。周大也喝高了，不知天上挂着的那个是月亮还是太阳。要不是阿芳及时赶到，真不知会出什么故事。

路修起来了。村民都说周大的好。

去年，周大又回到村里。这回他也不是一个人回来的。他车上坐着3个女人、6个孩子。据说3个女人都是他的媳妇，6个孩子包括小丽都是他的孩子。

村里的年轻人老羡慕了，说：你看人家周大，三个女人喊老公，六个孩子喊老爸！

周大这老爸可不是挂名的，他对孩子要求极为严格。有一次小丽做作业，周大就在旁边守着，看到小丽作业中的一点马虎大意和投机取巧，他立马就火了：你要记住，一时的马虎大意，就会丧失一生的幸福。一时的投机取巧只会得利一时，不会受益一生。你懂么？

女儿含着泪似懂非懂地点点头，嗯。站在旁边的保姆大受教育，感动得直哭。

周大这次回村有了更大的手笔，他决定要投资帮村里建一个中板分厂，要让老乡们脱贫致富。

很快厂子建好了。周大来剪彩。

剪彩完毕，村里招待。五粮液喝了一瓶又一瓶。周大这次喝得太高了，喝着喝着，不禁悲从中来，放声大哭起来，他讲了一个隐藏在心里的秘密。

半小时后，警车到，警察到。

二十年前深夜工商银行天龙分理处那起千万盗窃案终于告破！

老孙头家的核桃树

老孙头家住在山下，院子很大，院子中央种了很多枣树，西南角的破围墙边上有一棵很老很老的核桃树。听人说，那是棵麻核桃树，只有北京、天津、河北、山西、甘肃等为数不多的地方可以见到。

麻核桃树孤零零地斜靠在土围墙上，树干弯曲，树皮粗糙，叶子发黄，枝杈繁多。50 岁的儿子孙军嘟囔好多次，不停地劝说老孙头：爸，这树砍了算了。从我记事起，它就没结过果，病快快蔫叽叽地，留着它做啥？可老孙头不同意。

老孙头不同意是有缘由的，他说：这棵树是我的爷爷的爷爷那一辈留下来的。老一辈留下的东西不能说去掉就去掉，这树长在那里就是一份念想，一个纪念，一段历史，一处风景。它又不耽误你吃不耽误你喝，你砍它干什么玩意？

孙军拗不过老爹，只好让那棵树立在那里继续经风雨见世面靠着墙跟偷打盹了。

没想到，几年过去，或许是气候变了，或许是核桃树该苏醒了，有年春天满树的叶子竟然悄悄地狠狠地绿了起来。核桃树突然焕发了青春！

更没想到的是，有一年那树竟然结了 18 个核桃。

白露打核桃。18 个核桃打下来，去掉外边的绿皮，一看，好家伙，个个核桃长相异常，样子不像我们平时砸着吃的核桃。

消息不胫而走，村里就来了几个陌生人。

打头的那个男的油头粉脸，脖子上套着一条金灿灿的链子，看着有点不着调，人却很豪爽。他问老孙头：听说打下来几个核桃？

老孙头说：是。

油头粉脸说：我看看行不？

老孙头从窗台上取下一个小木头盒子，掀开盖子笑呵呵地说：你们要是下一周来，这几个核桃就砸了打了牙祭了。

　　谁知油头粉脸和那几个客人看到核桃，个个大惊失色。他们看到了什么？18 个核桃个个是狮子头！喜欢文玩的都知道，在麻核桃当中狮子头最为稀少，不仅如此，这 18 个核桃个个闷尖、矮桩、大底座、水龙纹，并且边宽均在4.5CM 以上。玩了这么多年核桃，这样子的核桃今天也是第一次见。

　　油头粉脸拿核桃的手有些发抖。

　　老孙头感到奇怪：咋？这核桃珍贵？

　　油头粉脸说：大爷，您有所不知。您这核桃是麻核桃。这核桃是核桃中的上品，可以做文玩核桃，就是那种吃饱了没事干在手里把玩的核桃。价格不菲啊。

　　老孙头嘻嘻笑着：咋的？您要给个大价钱么？

　　油头粉脸说：大爷，您看这么着，这 18 个核桃我们都要了，并且明年结的果子我们也预定下。您老发财了，这是老祖宗给您留下的财富啊。

　　老孙头和孙军浑身冒汗，几乎异口同声地问油头粉脸说：您给多少钱呢？

　　油头粉脸红着脸说："大爷，我们第一次登门，您照顾着我们点，这 18 个核桃不管成器不成器的我们都收了，每个 500 元。共计 9000 元。明年的核桃我们也预订了，交您定金 9000 元，共计给您 18000 元。您看行不？"

　　老孙头差点晕过去，他看看有些发呆的儿子激动地说："行行行，那还咋不行呢？"

　　油头粉脸毫不犹豫地掏出一沓钱塞到老孙头的手里。

　　他看见老孙头的手也有些发抖。

　　不过，走出屋子时，油头粉脸和那几个哥们的腿也开始不由自主地抖起来。

抉择

博士生导师、著名管理学老教授任力遇到一个大难题。

今年学校博士生入学考试全国有 24 人报考管理科学与工程专业，生源质量不错。近些年博士招生计划缩减，学院里有资格招博士生的教授有 5 位，但今年只有 4 个招生名额，这样有的教授就会轮空。但任力教授老资格，管理学领域名号响，所以全国各地报考本校的考生基本上都是奔他而来，他不会轮空。经院务会研究，任力教授优先招录 1 名。

这样就相当于 24∶1，竞争就会异常惨烈。

考生中达到学校线的总共 16 名。学院录取流程是：先看外语成绩，外语成绩合格，再看专业基础课成绩，专业基础课成绩合格，再看专业课成绩，然后再看面试成绩，几个成绩相加核定总分。所有考生大排名，最后上学院专业线的有 8 名，报考任教授排在前两名的考生是宋黎（女）和于木（男）。

成绩单放在任教授面前，录取谁，由他定夺。

其实，任教授心中早已有数：录宋黎。理由很简单：第一，她成绩排名第一；第二，她有两年工作经历；第三从答卷情况看，她的研究能力也优于其他同学。但是后来发生的事情却让他心中打了一个大大的问号。

第一天，平安无事。

第二天，一个交往了多年、经济上互有往来的朋友送来两瓶茅台，一条中华烟。说是希望他对战友的孩子宋黎同学关照一下。因为是朋友，碍于情面，任教授还是客气了一下暂时把礼品收下了。

第三天，夫人单位的领导登门拜访。司机扛上来两箱拉菲红酒。任教授虽然没有喝过这种酒，但是知道拉菲价格不菲。那位领导肚子大大的，胖脸大大的，嘴巴大大的，说话口气大大的："任教授，宋黎这位小同学就交给您了。您个人不论有什么困难，家里需要我做些什么，随时招呼一下，没有我干不了的事。"任教授苦笑一下，碍于夫人情面，跟哪个胖胖大大的领导客套一番，推辞一阵，最后不情愿地把酒留下了。

第四天，第五天，第六天，不得了了。学校人事处、区教委人事处、市政府秘书处十多位领导也分别打来电话希望教授对宋黎同学给予照顾。

学校人事处甄处长打电话说："任教授啊，今年我们学院有个资深教授的推荐名额，论资历，论成果，论业绩，论考核，都该是您啊。放心，我会给您说话的。对了，今年您招录的博士里有个叫宋黎的，小姑娘学问不错，爸爸是教育系统的领导，请多多关照吧。"

区教委人事处曹处长打电话说："恭喜任教授啦！市里百千骨干人才计划里教育系统只有十几个人，您光荣地入选其中，祝贺您！对了，今年博士招录听说竞争很激烈啊，有个宋黎同学希望您关注一下。这个孩子资质不错，妈妈也是教育系统的领导啊。"

市政府秘书处单副秘书长打来电话说："任教授啊，您真不简单，今年教师节各单位推荐的全国模范教师表彰人选里，我看就您的材料比较过硬。有学术成果，有理论建树，有育人事迹，有教学业绩，会议研究，已经通过上报。另外，市政府一位老领导的孙女宋黎今年考博，好像是报考您的研究生，务必关照一下啊。"

放下单副秘书长的电话，任教授眉头紧锁，抽出一根烟，点燃。

几天里，于木那里始终没有动静。连一个电话也没有。

该录取谁呢？

录取宋黎，顺水推舟，水到渠成。但此时此刻他的脑海里跳跃着两个人：女的上蹿下跳，心浮气躁。男的踏实沉稳，凝力聚神。多年后，女博士里勾外连，丑闻缠身。男博士潜心治学，终成学术男神。

任教授果断地拿出笔，在录取名单拟录取学生一栏工工整整地写下：于木。

官相

　　小迟在江处长麾下已经多年，早先的两个同事都提拔调到别的处室了，唯独工作能力和技术水平都不错的小迟和小李仍然是就地打转没有什么动静。小迟起初没有什么感觉，后来就不怎么自在了。

　　问题出在哪里呢？

　　不行，得跟处长取取经。反正江处长就要退休，他是老江湖，肯定会给我指点一二。

　　老江处长很爽快，他问小迟：你知道做官需要哪些素质么？

　　小迟摇摇头：不知。

　　江处长笑了笑：亏你在我这里工作这么多年。

　　小迟不好意思地说：愿意讨教。

　　江处长用手理一理自己油亮亮的分头：做官首先需要官德。

　　小迟问：是否权为民所用，利为民所谋？

　　江处长点点头：你说得很对。我相信你这点没问题。

　　小迟皱着眉头又问：那我差哪儿呢？

　　江处长笑笑：还要有官运。

　　小迟说：我没有官运么？

　　江处长解释说：官运就是机会。这些年咱们部里机会很多，你不缺。

　　小迟不解地问：既然官德、官运都不缺，可我仍然是白丁一个，那肯定还是缺点什么了？

　　江处长严肃起来：你可知做官还要有官貌和官相的？

　　小迟更加不解地问：貌和相不是一回事么？

　　江处长十分肯定地说：貌和相有联系也有区别。貌是父母给的，相则是后天修为的结果。你没听说装相么？

小迟问：那我没有官貌么？

江处长摇摇头：你有官貌，但还没有官相。

小迟着急地问：怎么讲？

江处长压低声音说：小迟啊，今天话说到这里，我告诉你实话。据我和上任处长观察，你哪一方面都很优秀，但你和小李都没有被提拔，主要是因为你俩官相差些。

小迟更加着急：差在哪里？

江处长说：你看你俩，走路蔫头耷拉脑，没有一点精气神。说话吞吞又吐吐，好像外面偷了人。俗语说，相由心生，你们两个这个样子，谁会用你们谁又敢用你们呢？

小迟听后，泪流满面，不知是感激还是感动。他站起身来，双手合十，深鞠一躬：谢谢处长。

自此，小迟在处里昂首挺胸，迈着官步，打着官腔，做着官样，装着官相，同事惊诧，江处长暗自高兴。

一年后江处长退休。稳处长接替了他的职务。

三个月后，小迟的同事小李被提拔为副科长，小迟仍然是就地打转。

别人告诉他，稳处长做人稳健，喜欢小李那样低头走路低调说话的人。

官相又一次害了他。

局里有人

　　一日晚上，老柳邀我和几个朋友到市雷海公园旁边的一个生态园酒楼里私人小聚。大家聊得很嗨，吃得很嗨，玩得很嗨。于是，喝了不少酒，两三个人都喝得有点高了。

　　晚上9：00结束，两个弟兄却找不着了。车子在门口等着，道路有些狭窄，挡住了后面车的去路。后边一辆外地牌号的丰田霸道车笛声不断，老柳赶紧凑过去赔不是。车上骂骂咧咧下来一个小青年，脖子上套着粗粗的黄澄澄的金链子，腕子上缠着红黄绿三种不知名的串珠子，一个大蛤蟆镜遮住半张嚣张的脸，左眉上一条红红的隆起的刀疤，凶神恶煞一般，看来来者不善。

　　刀疤眉下得车来，身后跟着下来两个混混儿模样的小伙子。

　　老柳低声下气地说：对不起，等个人，一会儿就走。

　　刀疤眉大声吼着：他妈的，敢挡老子的车，活腻味了不是？

　　两个混混儿齐喝：不想活了！

　　老柳更加低声下气地说：一会儿就走，一会儿就走。

　　刀疤眉声音提高八度：他妈的现在就滚！

　　我看不下去了，说：干嘛那么凶，别这样讲话好不好？

　　刀疤眉右眉一竖：你不想活了？

　　两个混混儿立马围了过来，看架势要大打出手。

　　我赶紧退后一步，瞅瞅老柳说：告诉你，其实……

　　刀疤眉没等我说完话就一个健步跨过来，干脆站在了我们车子的前部。恶狠狠地说：我看你们谁敢走？

　　这时，两个弟兄回来了，但车是不能动了。

　　老柳近乎央求似地说：高抬贵手，高抬贵手。

　　刀疤眉似乎像打了鸡血，劲头更足了：告诉你，你这车就别想走了。我他妈黑道白道都有人。你等着瞧。

这家伙还真能，一个电话，黑乎乎来了五六辆车。呼啦啦下来更多混混儿。

混混儿们一下车就猛扑过来，大呼小叫，喊声震天，把整个生态园都惊动了。楼里吃饭的人也下来不少。

刀疤眉和那两个混混儿一看同伙都来了，更加神灵活现，耀武扬威。

刀疤眉一挥手：哥几个都列队站好喽！稍息，立正！今天我不用你们动手，你们看好了，现在我把这里公安局的哥们叫过来收拾他们！

老柳一听好像吓得不轻，赶忙说：这样不好，这样不好，还是别叫了，别叫了，我们现在走还不行么？

想走？没门儿！刀疤眉面露凶光：现在你怕了？

老柳低眉顺眼地求着刀疤眉，好像生怕事情闹大。

我一看这个样子，就凑到刀疤眉的身边低声说：别吹牛，你公安局有什么人？

刀疤眉一听火了：有什么人？你真不知道我是何方神圣么？小子，你听着！

刀疤眉的手机块头儿很大，什么牌子的我看不清。他迅速地拨通了一个电话，放到免提：

——喂喂喂，是市公安局张副局长家么？我是强子的朋友。是嫂子吧？

——是啊。您有什么事么？

——是这么回事，我今天来这办事，在生态园遇到一件事，有人挡住我的车不走还蛮不讲理，我想让张哥来一趟。

——他现在不在家，出警了。

——什么？他不在家，那好，那就麻烦你跟市局其他领导说一下，来给处置一下。

——那好吧，我跟他们一把局长打个招呼，看好使不？

——那肯定好使，肯定好使，谢谢嫂子！

刀疤眉夸张地合上手机，大声说：你他妈给我等着！

混混儿们欢呼雀跃起来。

这时，老柳的手机响了，只听他大声说：对，我是老柳。什么？生态园？我就在生态园。什么？那是你外甥的朋友？弟妹啊，你外甥怎么会交这样的混蛋朋友？别管了，我看这个小子有点黑社会的性质，现在我就请他们到局里说说清楚。再见！

转头一看，混混儿们四散而逃。

那个刀疤眉木鸡一般站在那里！

光棍王老六

王老六已经三十多了，还单着呢。他人长得并不磕碜，但是太懒。他不是一般的懒，那是相当懒。懒得抬头，懒得低头，懒得做饭，懒得吃饭，懒得洗衣，懒得洗碗，懒得擦地，懒得扫地，要是活着可以不喘气，估计他这个也省了。

但懒人有懒人的福。

今天，光棍王老六买彩票恍恍惚惚就中了一等奖，奖金有500万呐！王老六一下子懵了，没想到啊，我王老六也会有今天！

闭着眼寻思着，计划着，盘算着，合计着，这钱该怎么花？

这一室一厅破房该换换了。这房子吓跑了四五个相亲的人。住顶楼不说，房顶一到夏天就漏雨，天花板浸淫得像世界地图似的。窗户、门子破得稀里哗啦乱响，玻璃没有几块囫囵的，原来还白花花的墙二十几年没刷浆也都黑乎乎地看不出是墙还是地板。妈的，换它个三室一厅或两厅的让你们羡慕去吧！

现在的工作也该跑动一下换换岗位了。现在这叫嘛工作？竟然让我这老帅哥在动物园里喂鸡！喂雉鸡，喂山鸡，喂乌鸡，哥们都快掉到鸡窝里了。鸡窝里臭气熏天不说，还没什么利可图。让我喂鸡，那些鸡也遭罪，我三天打鱼两天晒网喂得不及时，乌鸡食量大，饥一顿饱一顿死了一只又一只。园长以为鸡是得瘟病死了，每次都让我拿去处理。处理嘛？我都拿回家放锅里处理了。那些年可是享用了不少美食。但后来园长换了，喂死一只鸡，要追究责任。妈的，这工作责任也忒大了，一定得换换！

对了，最要紧的是要追追邻居翠花。翠花风情万种的，那身条，那眼神，那打扮，那气质，那文化，哪个男人见了不心旌摇荡、想入非非啊？我跟她邻居十几年，她丈夫也走了十几年了。她平日里见了我好像还有点意思，看得出她并不反感我。我看好她，她也没有看孬我，半斤八两，彼此彼此，只是相互都没挑明罢了。你想啊，哪个妙龄女人不思春啊？只是她没有遇上意中人。我这模样，这财运，不怕她不动心。哼，搞上她后，我就带着翠花到四楼寡妇大鸭梨家串串门。那家伙长得凶神恶煞一般，每次见了我不仅不打招呼，不热情问候，走在路上还把脸故意扭向一边，兴致不高时，一声不吭。兴致高涨时，一口黏痰吐到地上，妈的，这什么素质？

　　这回有了钱了，咱一定穿得干干净净，利利整整，光光亮亮，气气派派，对那些嫌咱懒的，见了咱翻白眼的，挣个一毛二分钱还把粗气喘的，平日里瞅着老哥睫毛不动眼窝浅的，单位里对咱这无权无势之人做事二五眼的，哼，我一定让他们刮目相看。妈的，你们一干人等都朝爷这边看！

　　说着，王老六头一扬，腰一挺，咕咚一声从床上摔到地上。

　　咚咚咚，啪啪啪！这时，屋外传来一连串重重的砸门声，墙皮被震得哗哗往下掉。

　　只听外面有人吼叫着：收水电费的！王老六，开门！这水电费你都欠了三年啦，还想欠下去么你？

三个发小

今日几个发小聚会。

人不多，就三个。三个人是三十多年都没有见面现在已经五十整岁的石崀、霍藤和侯景。

石崀召集吃饭，他提议到人民公园旁边的一个本市最大的生态餐厅 88 号房间就餐。

这个生态餐厅非常有名，听说是深圳的一个大老板建设经营的。生态餐厅占地一千多亩地，主体采用轻钢结构，覆盖采用透明材料。有完善的通风系统、遮阳系统、湿度控制系统、水循环系统、中央空调系统。这个餐厅是景观主题餐厅，利用植被、假山、水系等营造了一个自然的就餐环境。餐厅内虽不富丽但景色宜人。餐厅设施一流，服务周到细致，来就餐的人无不感到舒适愉悦。

选择在这里聚会，大家都觉得有面子。

聚会召集人石崀小名崀崀，从小老实心眼好，性情稳重不乱搞。但学习基础较差，高中毕业后落榜，听说早早地南下深圳打工去了。他怎么又回到本市，什么时候回来的，一切都无从得知。

他邀请的霍藤，自小聪明，上高中的时候就倒腾一些明信片、挂历什么的，总是能赚一些钱，比同学们都显得富裕。只是大家都觉得他身上有一股市侩气。他高中毕业后考上了一所很好的大学，后来不知去向。

另一个被邀的侯景出身干部家庭，从小就会端着架子有点干部的模样。他知分寸懂进退比别人成熟不少，眼睛里透着一种官吏之气，往往让人敬而远之。侯景学习成绩一般，上高中时弄了一个什么优秀学生干部，大概是走了一个后门上了外地一所普通二本学校。据说毕业后跟他老子一样当上了干部。

三个发小一见面，短不了一阵端详一阵打量一阵寒暄一阵拥抱一阵捶打。三十多年啊，人有多少 30 年啊。大家好激动好兴奋好一阵感慨！

酒过三巡，菜过五味后，每个人都不由自主地倒起了苦水。

霍藤：我这个人就是个爱折腾的性格。大学毕业后，本来分到一家国有特大型企业当了干部，却鬼使神差辞职下海经商去了。赚了太多的钱，2010 年已经拥有资金 3 个亿，后来听从了一个不靠谱的朋友劝说，买了股票，哪承想，股票暴跌一夜回到解放前，现在只剩一个两居室小屋啦。妻子和我离了婚，我自己带着女儿过，唉，那叫一个惨！说着，情不自禁地流下眼泪。

侯景说：你还算好的。我更惨。原来靠父亲在单位里得到了提拔，当上了一个科长，没想到老爷子 60 岁就去了。他提拔起来的那帮人，原来都是进我家个个坐小板凳的主儿，后来一个都不见了。可怜我这个科长后来连这个职务都给剥夺了，那才叫惨呢！说着，他也掉下了眼泪两行。

两个人说完，突然意识到石崽还在，就问他：你呢？你怎么样？

石崽笑了笑：没什么，普通百姓，普通生活，普通日子，普通心态。

够有哲理的嘛！说说你呗，我们真想听听你打工的心得、体会和收获。

石崽笑得更爱人，低声地说：其实没什么心得、体会和收获。

这时一位领班走过来，朝着石崽浅鞠一躬道：石董事长，您这桌还需要什么么？

大家看看石崽。石崽摆摆手：不用了。

霍藤和侯景马上站起来要去结账，石崽又摆摆手：不用了。不瞒你们说，这餐厅是你石哥哥我的。

三皱眉

我读高中的时候，龙老师教我们语文。他早年大学毕业，学识渊博，很注重学生的品德教育，特别是教育我们在社会上安身立命要树立"富贵不能淫，贫贱不能移，威武不能屈"的大丈夫精神。

我是他的课代表，上高中时和上了大学乃至参加工作以后跟他都走得很近，我愿意跟他说东道西，天南海北地瞎侃一通。

他是个乐天派，阳光，直率，天天乐呵呵的，也很少发火，但我却见他为一位同学三次皱过眉头。

记得那是高一评三好学生的时候，班里的一位男同学也是我们的班委大东利用计票的机会给自己偷偷加了1票。这事当时就被班主任察觉了，他眉头紧锁，叫过来大东狠一通批：一介书生尚且如此，将来大权在握，又当如何？这个毛病不改，将来肯定是个贪官无疑！老师发火我们理解，可我们觉得老师说得有点重了，毕竟他还是个孩子嘛。

随后谈起这个事，老师说：你们还小，等长大了你们就会理解的。

那年高考我们都考出了很好的成绩，大东也考得不错。填报志愿时，大家都征求老师的意见，希望有经验的老师们给自己个建议。老师们也根据学生的学习基础、潜能、意愿、爱好给个基本的参考意见。当大东征求老师的意见时，老师问他想报什么专业，身为文科生的大东要报会计专业。我当时在旁边，我清楚地看见老师大皱眉头。老师问大东：非得报这个专业么？大东坚定地点点头。可老师轻轻地摇了摇头。其实，说是老师提建议，在志愿这个问题上没有老师会真正强硬地为学生做主。最后大东还是报了会计专业。

后来说起这个事，我问老师：会计专业别人能报得，大东为何不可？老师轻轻地叹了口气：唉！你不懂。

大学毕业后，我和班里大多数同学都参加了工作。大东同学在外地一财经学院学习成绩名列前茅，被系里推荐上了硕博连读研究生。我们都为他高兴，为他当时的专业选择高兴，为他努力学习成绩优异高兴。老师好像也暂时消除了对他的偏见，也为他的进步和优秀高兴。

6年后，大东博士毕业，很多家单位都有招他的意向。最后他还是选择了他心仪的一家央企。这家企业在A市，福利很好，环境很好，领导对他也很好，我们几年间一直保持着通信联系。

有一天，老师请我和几位同学吃饭，大东也被邀参加。他此时身体已经有些发福，春风得意，志得意满，让人印象深刻。酒过三巡后，老师问他现在做什么，他说领导重视，已被提拔为财务处处长。听到这话，老师脸上一沉，刚才还嘻嘻哈哈的他，眉头锁起来，弄得我们几个特别是大东好不尴尬！

酒场散了，我有些怪罪地问老师：您为什么就对大东耿耿于怀呢？老师说：你们啊，什么时候才能长大呢？

去年，大东伙同他的领导做假账贪污公款东窗事发触犯刑律被检察院依法提起公诉。

事情来得太突然了。

这时，我记起了老师的三皱眉！

不是闹着玩的事儿

老宋的孙子上小学要起大名，一家子都很重视。

老宋不停念叨说：名字起得好，顺当能到老。

小宋嘟嘟嚷嚷说：名字起得蛮，天天端金盘。

孩子妈妈小江说：名字起得横，一生不得病。

孩子奶奶胖婶说：名字起得牛，到哪不发愁。

大家都认为，起名字事关孩子一生荣辱穷达，不是闹着玩的事儿。找谁呢？

村里的张老师最有学问。张老师说：简单一点，取孩子爸爸妈妈的姓，就宋江吧。

大伙摇摇头。因为这个名字跟《水浒传》有点瓜葛，弄不好就成了投降派，不行。

村里还有个老先生据说古书读过不少，请过来喝了一场酒，也没说出个所以然，最后和稀泥，说要不就叫宋好。

大伙摇摇头。说这个好字拆开是"女子"，总觉得男孩子取这个名字有点女气，这是要做变性手术的节奏，不成。

最后大家决定，这名字得找专业人士给起。

于是，遍寻专业人士，终于找到一位对经典有点研究的先生。这老先生专门给人起名字，每个名字收费 666 元，一分不多，一分不少。大概是这个数字有点讲究。

老宋一听这个价格，乐了：不就是一头小猪崽子的钱么？请！

老先生姓接，据说全省就两家姓这个姓的。老先生生得天庭饱满地阁方圆，一嘴京腔。他说，你们重视名字就对了。你看过去明成祖点状元的时候都是要看名字的。据说有个人考了第一名，叫孙曰恭，曰恭两字竖排就是暴字，成祖一看，龙心不悦，说：统治宜宽不宜暴，此人不可得状元。那点谁呢？正好前几名里有个叫邢宽的。成祖高兴了，说：就是他了。邢宽做了状元。你看现在也是，很多人的命运跟名字有点联系。这名字可不是闹着玩的。

小宋听得入迷，也为自己的坚持找到了根据。他故意对接先生说：您说的那都是过去的事了，现在有什么事实根据么？

接先生如数家珍地说：你看市里建行行长叫金一转，水利局局长叫江加湖，林业局局长叫沙鸣之，工业局局长叫尚项目。最近炒得比较热的屠呦呦你们知道么？她的名字来自诗经。《诗经》中说，呦呦鹿鸣，食野之蒿。她叫了这么个名字，于是，研究了一辈子青蒿，几年前得了一个拉斯克医学奖，今年又得了一个诺贝尔奖。这不是冥冥之中命中注定的么？

接先生讲到尽兴处竟然摇头晃脑地背诵起来：呦呦鹿鸣，食野之苹。我有嘉宾，鼓瑟吹笙。吹笙鼓簧，承筐是将。人之好我，示我周行。呦呦鹿鸣，食野之蒿。我有嘉宾，德音孔昭。视民不恌，君子是则是效。我有旨酒，嘉宾式燕以敖。呦呦鹿鸣，食野之芩。我有嘉宾，鼓瑟鼓琴。鼓瑟鼓琴，和乐且湛。我有旨酒，以燕乐嘉宾之心……

小宋咂咂嘴，乖乖！

一家人听得眼睛都直了，估计这接先生就是给孩子起个宋猫宋狗宋小兔，大家都能接受。

接先生问：那你们希望孩子起个什么名字呢？

大伙你一言我一语说了自己的想法。

接先生想了想：你们看这么着，四平八稳，这孩子用四个字，就叫宋蛮横牛吧。

满足了所有人的愿望，高！大伙热烈鼓掌。

但是他们肯定不知道叫这么个名字上学时会出什么状况……

县令胡图

宋代中原地区有个糊涂县，糊涂县里有个县官叫胡图，嘀，这糊涂到一块了。

但您听好喽，这胡图县令可并不糊涂。

怎么说呢？

据记载，那年乡试，他一次就中了举人。那时，中了举人不得了，你见了县官可以不跪了。出门有人给你撑着油伞。并且你家里的门窗都要被打烂，重新装修一新，这叫改换门庭。想想这是多么风光的事啊！况且胡图中举时才刚满 18 周岁！

后来，参加省试，他又一次名列前茅，自此声名大振。放官时，由于没有太深厚的家庭背景，他被任命为糊涂县县令。

胡图小小的年纪就做了七品官。刚刚上任时，下属有八品县丞、九品主簿，另有典史等朝廷命官均在 30 岁上下，因此这些人也不怎么把他放在眼里。胡图也不计较，但心里自然有数。

几位官僚知道，要是拼四书五经、科举文章，他们肯定不是对手。于是决心用别的办法难为胡图一下。

一天，机会来了。

他们知道胡图就要赴京去面见皇上。他们知道事情紧急，胡图急于赶路，就纠集几个人故意缠着胡图，非让他讲个笑话才能放他出门。

胡图不动声色，问他们几个：想听个什么笑话呢？

几个人不依不饶：笑话要不多于三句话，得让人发笑才行。

胡图呵呵一笑：三句啰唆，两句足矣。

众人不服：别吹牛。

胡图眼睛一眯，坏笑道：我要去的宫里有很多太监。说完，闭目不语。

众人迟疑道：怎么啦？

胡图放声大笑：下面没了。

哈哈哈哈哈哈哈哈，众人顷刻笑得人仰马翻。再看胡图，已经和随从策马扬鞭，疾驰远去！

胡图回来已是一个月后。判了几个案子，有盗窃案，有抢劫案，有强奸案，有儿女不孝案，有地基侵占案。个个案子断得准确，个个案子判得精彩。上下官僚，三班衙役，无一不赞，无一不服。

可较量到此并未结束。二月杏花开了，三月桃花也随着时令开放。隔过一月，县衙院子里的一棵粗大的枣树也开了花。但奇怪的是，这棵枣树年年开花，就是不结枣子。

机会又来了。众官僚把一道难题摆在胡图面前：这树开花为什么不结枣子？

这是科举以外的题目。

胡图是读书人出身，不熟稼穑。但此时不能被下属的题目难倒。于是，一声断喝：各班衙役听令，院内枣树，每年浮华，不见有果，未见有后。乱棒三百，不得有误。

接令！

但见两个衙役手持一截红、一截黑的水火棍，冲进院子。乱棒之下，树干有痕，枝条折断，叶片落下，枣花纷飞，再看那树，已是惨不忍睹。

众官僚个个先是面面相觑，随后捂嘴窃笑：等着丢人吧。

谁知，第二年五月下旬，那棵枣树繁花似锦，随后几个月颗颗大枣缀满枝头！

真是奇了！

众人以为天助。自此，衙门里再无人跟胡图较量。

差距

　　我的一位老同学在 H 大学任博士生导师。一天博士论文答辩后，她请我吃饭，席间始终沉默不语。我看出她神情异常，问她何故。她苦笑一下，叹口气说：唉，言行之间啊，竟然有这么大的差距！

　　于是她向我讲述了那天答辩时遇到的一件事：

　　论文答辩会上午 8：30 正式开始。答辩委员会由 5 人组成。

　　答辩委员会主席由本市一所知名大学的校长方宏德担任。方校长年轻有为，口才极好，科研成果颇丰，道德伦理学方面造诣很深。不仅如此，学校管理也很出色，学校硬件软件现代化建设在本市也名列前茅，一直是各个大学学习的榜样。他的学术和管理在本市乃至全国影响都很大。能够请他来做答辩委员会主席，学校和学院都觉得很有面子。

　　其他教授也都是学界精英。强教授是英国海归，专门研究政治学，在国内外刊物上经常有论文发表。慈教授是北大博士，专门研究政治伦理学，课题研究一直在学校遥遥领先，数量多，级别高，评价好。多教授是少数民族博士，专门研究民族政治学，是国内这个领域数量不多的专家之一。

　　答辩会由方校长主持开始，一共有 8 位博士研究生参加答辩。

　　研究生小张是位男生，不善言谈，略带腼腆。他是我的学生，但是在现场我也不好帮他。只好靠他自己了。到委员们提问题时，他已是汗流满面了。见此情景，方校长调侃说道：同学们呐，博士生活就是一种炼狱。做论文时掉一层皮，答辩时惊一身汗，说明研究没到位，回家还得接着干。大家"轰"地一阵笑，热烈鼓起掌来。小张一听这话，明显放松了不少，原本他的研究还算扎实，后边进行得就很顺利。我心里还是很感激方校长的及时圆场，也对他的机智感到佩服。

　　研究生小白是位女生，提交论文的题目是《论道德知识》，这是个传统题目，创新不太容易，而且也容易让人抓住辫子。果不其然，待小白做完道德知识陈述，方校长抛出一个问题：只是谈道德知识还是不够的，道德实践更有意义。你看有多少官员台上大谈反腐防腐，台下却大搞贪污腐败。明显的言行不一，你怎么看这个问题？

小白未等陈述，方校长低头看了一下手机，好像有个短信过来。

他简单地敲下几个字，又把手机装到裤子口袋里。

后边再看方校长，脸色似乎有些苍白，或许他身体不舒服了吧，我想。小白回答完大家的问题，方校长也没再提问和质疑。这时，他建议休息一下。

大家走出答辩教室。方校长说，学校有件重要的事情需要处理，得回去一下。我们想象一定是出了安全的问题，消防的问题，或者其他什么不得不回去处理的问题。

学院补充一位黎教授进来任委员，并临时指定强教授任主席。答辩接着进行。

但此后方校长却失联了，现在手机仍处于关机状态。

据说，有人看见他在学校北门跟两个陌生人发生争执来着，然后又非常不情愿地被他们请上了车。

不可思议

同学张君从美国回来了，电话里说再也不回去了。

我很诧异。他一个斯坦福大学心理学博士，在马里兰大学教书，怎么说回来就回来了呢？

张君知道我的疑问，电话里唉声叹气地说：没有办法。

我问：怎么没有办法？不顺利么？

他说：其实还算顺利。学业顺利，工作顺利，婚姻顺利，自然环境、工作待遇还是蛮好的。

我接着问：那为什么还回来呢？

他说：都是因为父亲。你知道，他是说一不二的。我是个孝子。

我不解：怎么回事？

张君苦笑着说：父亲第一次去美国，遇到一连串不高兴的事情。

于是，他跟我说清了其中的来龙去脉。

第一件事：一天，他在花园里帮我们收葡萄，不小心一脚踩空，胳膊骨折。在美国约医生不好约。约了 21 天，医生才上门。21 天里，他咬着牙，忍着痛，瞪着眼，又不好发火。待那个高鼻子老外给做了正骨手术后，老爷子眯着眼睛说：这要是在国内受了伤，一个小时后，郑氏接骨膏药就糊上啦，这什么鬼地方，不可思议！

第二件事：碰巧的是，老爷子伤好后，在我们住的那个街区发生了枪击案。一个变态家伙专门在阴暗处朝人射击。枪枪打中过路人屁股，很多人中招。政府惊动了，警察出动了，竟然好长时间也没抓到凶手。所以街区里的人上街，个个走之字形，不敢走直路。弄得老爷子半个月后，走路如荷叶般左右摇摆，径直走路反倒不习惯了，弄得我们哭笑不得。老爷子红着眼睛说：也只有在这个国度里才能有这样的事情发生。不可思议！

第三件事：我们平时上班很忙，天天早出晚归。老爷子自己在家没事，就像在国内一样到处转悠。有一天转到一家别墅跟前，看人家花园里有很多好看的花是国内不常见的。好奇心使然，跨过了栅栏，这时一条狗窜了出来，主人没去呵斥那条恶狗，倒掏出把手枪抵到了老爷子脑袋上。得亏一位华裔男士路过，要不非出大事不可。老外走后，那个男士同胞低声说：在这里，您不得随便闯入别人的私家领地，按照州的法律，闯入别人的私家领地，在警告无效的情况下，业主是可以开枪的，且不承担任何法律责任。老爷子回家后，坐在沙发上一直闷闷不乐，后来摇着头问我们：这是嘛法律？不可思议！

第四件事：父亲平时抽烟很凶，是那种一根接一根抽烟的人，英文 chain - smoker 说的就是这类人。有一天老爷子看见街区左侧草坪旁边有一露天游泳池，他水性好，脱掉衣服就跳了进去。游了一个多小时，烟瘾上来了，爬上来在一个木质长椅上点着了烟。远处一个胖胖的美国女人抱着狗盯着半裸的老爷子看，不一会就冲了过来，指着她的狗连比画带怒吼地说：No smoking！说了一大堆鬼子语，大意好像是说，他的烟呛着了她的狗。在她看来，这是个十恶不赦的行为。老爷子很生气，心想：这都什么人？简直不可思议！

第五件事：美国治安很糟糕。有时街道上、电梯里、树林边，不管哪里都会发生抢劫案件，被抢对象大都是黑眼睛、黄皮肤的亚洲人。抢劫的匪徒很不讲究，你口袋里若是没有他们期待的 10 美元或 20 美元，对不起，一刀子捅进去，保证让你见红。为了确保老爷子安全，我们嘱咐老爷子，一定不要吝惜这几十美元，该撒钱时得撒钱，保命要紧，生命第一。老爷子怒气冲冠：这都什么规矩？真他娘的不可思议！

而更让老爷子不可思议的事情是，我们常常给老爷子两个口袋里装钱。老爷子问干啥把钱装两个口袋里？

我们笑着说：因为我们搞不准您会不会太不走运，可能一次遇上两拨抢匪。您要是满足了第一拨，满足不了第二拨，也会有生命危险的。

老爷子瞪着眼睛说：他妈的，马上回国。咱们离开这个不可思议的地方。

到底谁先走

同事大老张一见街边上那个算命的小诸葛气就不打一处来，他决定过去找他算算账。

小诸葛眼睛半睐，戴一副明显盖不住脸的墨镜，坐在晃晃悠悠的藤椅上，前面摆着一张黑不溜秋的旧桌子，桌上放着一本翻烂了的麻衣神相书，书旁边还放着一沓纸片和一支圆珠笔。

大老张远远地就看见了那沓纸片，气就更大了。

大老张走到算命摊前，用手在小诸葛的墨镜前晃了晃，算是打了招呼。

小诸葛一见有人跟他这么打招呼，知道来者不善，就干咳了一声。

大老张憋着气说：老家伙，还活着呢？

小诸葛也不生气，嘿嘿笑着：托您的福。

大老张憋红了脸问：还认识我么？

小诸葛摇摇头：阅人无数，请问施主贵姓？

大老张恶狠狠地说：什么阅人无数？是骗人无数吧？

小诸葛低声说：罪过罪过。不知哪里得罪了先生？

大老张见他如此态度，语气也稍微放平和了些。他拍了拍小诸葛的肩膀，也低声说：要不我帮你回忆回忆？

小诸葛咕哝着说：好，好吧。

大老张突然提高了音量，吓了小诸葛一跳：你还记得三年前有个姓张的找你算过命吧？

小诸葛痛苦地回忆着：哪个张？

还哪个张？就是那个夫妻俩和父母俩都有病的那个张。

噢，记起来了。算得不准么？

准？准什么？你个骗子！你说我们两个命相不合，鸡猴不同舍。

结果呢?

结果,结果妻子和我离了婚。可后来又复了婚。得亏没有听你的。

小诸葛听着笑了起来,声音是那样阴森可怕:这不还有点准头么?

大老张忿忿地说:是,这个还算有点准。可另一个事儿你可算得不准,让我们吃了苦头,并且后悔莫及。

什么事呢?

记得当时父母亲身体不好,我问你一个我们都很关心的问题:父亲和母亲谁先走?你这老家伙写了一个纸片给我。看,我今天把纸片也带来了。说着,大老张从上衣口袋里掏出一张已经揉得有些软皱的纸片,啪的一声拍到桌上。

小诸葛问:难道有误?

误差大了去了。你可把我们坑苦了。按照你的说法,父亲健在,母亲先走。于是我们无微不至地好生侍候母亲,忽视了父亲的身体,结果母亲没事,可怜父亲提前走了。我们悔啊。你说你这个骗子还什么小诸葛呢,我看连阿斗都不如。

小诸葛拿起纸片在眼镜上蹭了蹭,看清了上边的字。突然他一声狂笑,把大老张吓得跳起老高。

大老张问他:你还有脸笑?

小诸葛慢悠悠地说:父在母先走。我算得没有错啊?

大老张发怒了:什么没有错?你不是说父亲在,母亲先走么?结果咋样?你白骗了我 100 块钱。

小诸葛似乎也有点生气了,声音也提高了八度:没有文化害死人啊。谁让你随便加标点来着?你看我明明写着父在母先走,就是父亲是在母亲前面走么?

这……

他妈的,这小诸葛把人绕迷糊了!

保留节目

李文老校长教育自家的孩子有个与众不同的办法。

这是老校长的保留节目。每到过年,已经大学毕业参加了工作的几个孩子都从外地回到县城探望父亲。探望归探望,节目还得上。几十年来,老校长都没有放过他们:先给我弄道题做做!

每到此时,李校长家里就有一道别样的风景:四个老大不小的人每人拿着一张纸围坐在堂屋里的八仙桌子旁,拧着眉,闭着嘴,握着笔,晃着头,认真完成老爷子交给的做题任务。

老爷子出的题目五花八门,有的很容易答,有的却有些难度,比如:有四书五经;有西史西艺西政;有微积分拓扑数学;有物理中的力热光声电;有化学中的有机和无机;有生物中的遗传科学知识;有外国史实和中国史实;有地理中的自然地理和人文地理知识等。

老大读书最多答得最快。每次老爷子奖励一件古玩。

老二脑子最灵答得也快。每次老爷子奖励一串佛珠。

老三非常努力解题不慢。每次老爷子奖励一块玉石。

老四年龄最小反应迅速。每次老爷子奖励一本古书。

二十多年下来,老大家里的博古架上摆满了老爷子奖励的古玩;老二不大的壁橱里挂满了老爷子奖励的佛珠;老三书橱上堆满了老爷子奖励的玉石;老四写字台上的书架里排满了老爷子奖励的古书。老爷子几十年里攒下的宝贝都转移到了儿子们的家里。

大家期待着把题做下去。

然而,70周岁这年,老爷子变卦了。

老爷子不出题了。

没有题做,大家感到有些不太适应了。

　　菜上来了，酒斟上了，老爷子端起了酒杯，认真地一个个敬起酒来：

　　来，先敬老大。谢谢你在这个家带了一个好头。你爱读书，知识能够改变命运，你加入军工企业后，为我们国家的航母建设立了大功。我为你自豪，干一杯！

　　老大端起酒杯，一饮而尽。

　　来，再敬老二。从小你就聪明，但你没有自恃聪明，而是认真学习，上了重点大学，现在已经成为国有大型企业的总工。不简单，你让我骄傲，干一杯！

　　老二兴奋不已，一口干掉。

　　来，也敬老三。你学习基础不是很好，但你从小努力，是勤奋学习的典型，堪为学生楷模。领导赏识，师生拥戴，你做了教委主任。你很棒，我感到高兴，干一杯！

　　老三情绪激动，滴酒未剩。

　　来，最后敬老四。你年轻有为，从初中时学习成绩就出类拔萃，读了大学，又读了硕士，读了博士。现在已是国家级研究所的掌门人。我祝贺你，干了这杯！

　　老四眼含热泪，碰杯尽饮。

　　然后老爷子又说了一段话，大家颇感意外：

　　孩子们，你们知道为什么你们都大学毕业了每年回家我还要出题考你们么？你们可能以为这老爷子有这个瘾吧？其实不然。说实话，解一道题很简单，但一件事能够坚持做几十年不容易。我是怕你们大学毕业了，动力没有了，努力没有了，小富即安，小胜即满，安于其位，不思进取，我是怕你们学术上退步退化了啊。这题目是激励，是鞭策，是督促。我总认为，一个人学习力停止了，进步也就停止了。看到你们今天的成长、成功、成就，我知道你们没有颓废，没有懈怠，我为我二十几年的坚持和付出感到欣慰。

　　孩子们，给你们出题的任务我已经完成了。老校长转身看着屋子里的孙伙计们深情地说：但给他们出题的任务我可就交给你们啦！

低调

总经理老严这人很厉害。

什么叫厉害？就是原本很有本事但他自己却很低调。

老严公司办得好，经验总结也很有一套。跟他谈一次话聊一次天确实让你受益不小。我经常找他聊天。常常是开始没有什么主题，但是他一打开话匣子，妈呀，不得了！引经据典，纵横捭阖，有理论，有实践，有思考，有感悟，有升华，确实非同凡响，确实让人佩服。

老严不仅善谈，而且善写。他不愿意现出真身，就用一凡的笔名发表文章。他写短文、写长文都立意鲜明，有理有据，经常有报纸、杂志向这个不知做什么营生也不知真实姓名是什么的先生约稿。他呢，也不是十分吝啬，只要有时间，就坐下来写上一篇两篇，不管对方给不给稿费，他都很乐意把稿子贡献出来。他不仅写严肃文章，还写散文、小说，特别是散文写得很煽情，很细腻，很动人，很让人读了以后还想再读。我手头上就有好几本他的作品集，写得确实好，常常令我们这些学中文的自愧不如。

老严还积极参加公益活动。凡是县里的绿化、环保、养老、托幼事业，他都舍得支持，都舍得出资，都舍得赞助。有一次一个养老院翻修，他委托他公司的一个经理一次投入 500 多万，一期工程没有花完，又在后面的空地上加了一个二期工程，为老人们加盖了一个活动室，把敬老院院长感动得呜呜地哭。

老严做出这么大成绩，很低调很和善很让人感到舒服。重要的是，女儿小丽像他随他。女儿没有富二代的不良习气，自小不讲究吃不讲究穿，一心一意专心致志读书做学问，高中毕业后考上了省内一所重点大学。小丽学习努力，热心公益，老师、同学都很喜欢她。

小丽知道家里很有钱，但穿戴却很普通很随意很不惹人注目，她用的手机都不是智能型的，连微信都玩不了。于是同学间就有些议论，有些猜测，有些同情，有些恻隐。后来班长找到她了解家里经济情况，小丽谦虚地说：条件一般。

　　班长很关切，于是找到辅导员要求给小丽同学申请助学金。辅导员很关切，也找小丽了解情况，说只要她写一个申请，本年度的助学金就是她的了。

　　小丽摇摇头谢绝了。

　　辅导员问：为什么？

　　小丽从书包里掏出一张报纸，慢慢地推给了辅导员。

　　辅导员展开报纸，头版头条一篇文章映入眼帘：企业家严实出资1000万改造城区中心广场。

　　辅导员问：这严实是谁？

　　小丽红着脸不好意思地小声说：俺爸。

点化大师

学校请来一位高中物理名师江老师，说他能够点石成金，人送"点化大师"称号。

我去听了听他的课。果然，课讲得不错，但说到点化，遑论艺术，恐怕连方法都还不够格。

有学生问他：课听不明白怎么办？

他说：听不明白，你听就是了。学生一听，吐吐舌头。

其实学生听不明白课是应该分析原因的，比如基础、方法、能力，还是什么其他原因。应该先找到原因，然后采取措施，克服困难，解决问题。

又有学生问：老师，我怎么样才能学好物理呢？

要说这是个不好回答的问题，比较复杂。然而江大师眼睛一瞪，语惊四座：好好学就学好了。

学生弄个大红脸，我的脸也烧得通红。

还有个学生问江老师怎么才能在高考中提高分数，江老师一听这话眼睛瞬间放光。

他说：你算问着了。这也是我平时研究的一个课题。今天就把我研究的成果贡献给大家。

大家热烈鼓掌。

江老师很兴奋，他把自己研究的成果一一呈现在学生面前。

我看到班里的学生有的眼睛瞪得像灯泡，有的嘴巴鼓着似吹号，有的自个儿捂着嘴傻傻笑，还有的跟着同学大呼又小叫。

江老师越讲越兴奋，脸红起来，脖子粗起来，袖子卷起来，大手挥起来，声调高起来，话说得牛起来：告诉你们，我讲座无数，点化学生无数。经我一次点化，你们高考成绩至少平均提高 5 分！

啊！我听见学生群中爆发出一阵欢呼声。

学生信了，我好像也信了，关键是江大师自己大概也信了。

中午吃饭时，学校安排我陪大师，于是我们就找到了话题。

我恭维说：您真不得了。一次点化学生就能在考试中长5分！学生定会感谢您的。对了，听说您的儿子一直是跟您一起生活？

是啊。

那他在您身边生活多少年了？

35年。

我不无羡慕地说：他也真够幸福的。35年里他在您身边得免费听多少场讲座得到多少教育和生活点化，要是高考又能提高多少分啊！

江大师红着脸说：提高分数？嘿嘿，实话对您讲，一分也没有提高。高考时他愣是连个大专都没有考上。

看来……我不敢想下去了。

发现

三号路路口红绿灯下有我的一个铺子。夏日早晨，树上一只不知名的小鸟准时把我唤醒。我懒得起来就光着身子赖在床上看着外面的世界。

一切都看得清清楚楚。

5：00，一辆劳斯莱斯开了过来。车上坐着一个右手四个手指上都箍着戒指的中年汉子。汉子双眼直视前方，目光坚毅，身板挺直，衣服板正，似乎要去赴一个约会，去进行一次商业谈判，抑或要去签一个很重要的合同。去做什么，我不得而知。但是这个时候就出发上路，着实让人捉摸不透。

6：10，一辆奔驰停在斑马线后。司机是个三十几岁的小伙子。小伙子一边开车，一边吃着早点，早点好像是煎饼果子。小伙子三口并作两口吃完，又打起电话。接电话的好像还没醒来，电话接得不是那么情愿，那么利索，小伙子就不耐烦起来，看上去有了情绪，有了不满。起这么早还这么匆忙，小伙子是做哪一行的呢？

6：30，一辆宝马又开了过来。里面是一位胖哥。胖哥很胖，胖得已经没有什么章法。但胖哥起这么早好像没有睡眼惺忪的样子，人早已精神抖擞，斗志昂扬。他笑容挂在脸上，满意写在眼上，似乎坐在车里，这天已经赚了一百多万钞票。不然绝对不会有这样的精神，这样的神态，这样的心情。我猜想着他是吃什么发了福又是做了什么发了家的呢？

7：00，一辆奥迪开了过去。开车的是一个精瘦的年轻人。年轻人瘦得已然不成体统，浑身的骨头架子完全变成了衣服架子。年轻人贪婪地吸着烟，夹着烟卷的两个指头都已经枯黄，但年轻人却依然大口大口地喷吐着，似乎要把在家夫人监督时耽误的烟给补回来。年轻人吸着烟，眉头紧锁着，他也许是遇着难题了，是资金紧张还是资金链断了呢？

7：30，一辆帕萨特开了过去。里面坐着两个人：司机和一干部模样的人。

司机开得认真，领导坐得专注，他们好像是去外地出差，或者去另一个乡镇考察，或者是到县里去开个什么会议。领导在车上眯着眼，看样子肯定是在琢磨着到了地方要是发言讲话汇报自己该怎么开头该怎么结尾。也真是难为他了。

8：00，镇上的小贩张山骑着三轮车哼着歌过去了。他每天八点半准时赶到镇南边的自由市场上，卖笤帚卖炊帚卖盘子卖碗卖擀面杖卖饺子板卖坛坛罐罐，他的东西居民们喜欢，每天也有一二百元的进项，因此平日的张山总是歌不离口的。

8：30，王武骑着一辆破自行车过来了。他学没上好，又身无长技，所以只好给一个建筑队打工。一天工作八个小时，中午捞不着休息，吃喝在工地，一个月挣个三千多块钱，有时老板还找理由克扣一些。他心里不满意，又不好明说。明说了，连这点工资都没得挣。

看着想着，我突然发现，原来开个什么车子跟起得早晚好像多少有些关系。

妈呀，我得起床啦。我得赶快跑着到镇东头杨家汤馆喝碗羊汤啊。过了9：00，就嘛也没得喝啦！

高大夫别传

朋友高强中医大学毕业，在复兴区开了一家"高大夫中医院"，火了。

我的另一个朋友姓苟，也是中医大学毕业，在城区也开了一家中医院，尽管医术一点不差，但是很奇怪，患者来得很少。苟老弟很苦恼。他决定以患者的身份到高大夫中医院探访一番。

他来到咨询处，一位穿着白大褂的中年医生接待了他。

白大褂：您好！请问您想看哪个科？

苟老弟：我想看看高大夫门诊。

白大褂：您有预约么？

苟老弟：我没有。还要预约么？

白大褂：高大夫的预约已经到了下月15日。没有预约，恐怕不成。您要不要预约一下呢？我可以帮您办理。

苟老弟：……

白大褂：请问您哪里不舒服呢？

苟老弟：不瞒您说，我也是中医，但刚刚入职，没有经验，想来这里取取经。我是想听听他有关中医阴阳虚实的问题，不知……

白大褂：哦，这个啊。那肯定没问题。高大夫理论造诣很深，他说的话高深，听起来就是高论。

苟老弟：啊？要是我这嗓子不好有办法么？

白大褂：那肯定没问题。他自制了一些中药冲剂有特效。我们叫高汤。高汤喝后，您就能够高歌，肯定也能够高调。

苟老弟：我有时腿疼胳膊酸。

白大褂：您还有什么症状？

苟老弟：有时头昏脑涨，睡眠不好。不知道怎么回子事？

白大褂：您可能是肾有些虚。

苟老弟：我好像总是有些无精打采、浑身乏力的症状。

白大褂：这就对了。从您描述的情况看，确实是有些肾虚。不要紧，高大夫有办法。他研制了一些中成药，我们叫高药。他还研制了一种特殊的药丸，我们叫高丸，效果奇好。您要是吃了他的高药，服了这种特殊的高丸，保证您胳膊腿健壮能高跳。

妈呀，这广告做的！

看来人家还真是有些门道儿。

苟老弟向白大褂一拱手：高，实在是高！佩服佩服！佩服之至。

高手

20年前在北京某个重点中学学访时，我和一位省级名师住一个房间。

这名师方盘大脸，魁梧身材，穿着讲究，人很气派。一听是名师高手，我仰慕之，追捧之，急于交往之。

但名师要大牌，并不把我放在眼里。他用眼睛的余光瞥瞥我，不屑地问：教什么学科你？

我恭敬地答：英语。

他好像用鼻子哼了一声，大概是说：你也配教英语么？

我谦虚地说：还得向您学习才是。

他似乎很受用，侃侃而谈起来。只听他说：当老师的，不应该只是满足于当一个教书匠，要认真钻研学科专业知识，还应该在教学的同时，做些教科研。告诉你，最近有个市级刊物约我写一篇有关英语学习的千字文，很快就要见报了。

我谦卑地说：真羡慕您。

高手更加得意，这回用镜片后神秘莫测的眼神瞅了瞅我说：告诉你，我们有很多这样的机会。你们这些偏远地区的老师这样的机会就少多了。

我点点头说：是是是。不过有的时候，我说是有的时候，我偶尔也会向外投一投稿子，也不会放弃学习交流的机会。

高手挺感兴趣，摘下眼镜问我：都向哪些刊物投稿呢？

我没有直接回答，而是掏出一篇刚刚写好的小文，文章题目是：测测你的英语词汇量。我告诉他，这篇文有刊物已经通知采用了。

高手似乎更感兴趣，赶忙问：这文什么意思？

我解释说：这是我研究国外一个词汇专家理论的文章，后边列了若干个量表。根据这些量表测后，可以明确知道一个英语学习者的词汇量有多少。

高手两眼放光，眼睛盯着我说：还有这事儿，靠谱么这个？

我肯定地说：八九不离十。

他用近乎央求的口气说：愿意一测。

我还真想探探他的底，于是拿出量表，讲清注意事项，高手实测开始。

2分钟到。测试结果出来了，高手的英语词汇量是6900！这明显低于英语本科生水平，我在上大学二年级时的英语词汇量已经超过了8000！看来高手有些名不副实。

但我还是不动声色非常礼貌地说：您的词汇量已经不少了。复习一下可能会有所改进。

高手尴尬地笑了笑，不怀好意地问：你的词汇量是多少呢？

我含糊其辞地说：没有多少，没有多少。

高手还不依不饶：没有多少是多少？测一测呗。

我被逼无奈，只好让他随机从计算机里抽出一套题，2分钟后，实测结果出来了：20200！

高手目瞪口呆。

趁高手惊呆时，我悄悄地从提包里抽出一大包报纸，更加谦虚对他说：这些都是我最近在报纸上发表的千字文，您批判吧！

我抽身出去，轻轻掩上身后房门。

高寿秘诀

高大爷今年 101 岁，是远近闻名的寿星。

101 岁不稀奇，关键高大爷这人稀奇。怎么呢？你看 101 岁的人了，人倍儿精神，面色红润，一尺长的胡子迎风招展，满头黑发扣在棉线帽子下边，背不驼腰不弯，声若洪钟震得空气打颤。这老爷子如此康健，到底是怎么回子事？

几个七八十岁的老头儿敬神一般围着高大爷，问这问那，都想讨一个高寿的秘诀。

高大爷哈哈笑着，突地一个扫堂腿把周围的老爷子吓了一跳。高老爷子更加得意，站定身子后，又来个标准的大劈叉，把大家又吓个不轻。可高大爷站起身来面不改色心不跳，大家更是佩服不已。

高大爷平静地说：其实长寿也没有什么秘诀。不过我倒总结了几句话，不知道算是不算？这几句话是：不戒烟酒不戒肉，饭后来上一暴走，家里养上一条狗，多和异性交朋友，微信每天瞅一瞅，棉线帽子不离手。

原来如此！看来过去活得有点糊涂啊。

大家情不自禁地赞道：高，实在是高！

张三老汉回家就把原来戒了的烟酒又拾起来了。好家伙，一年后，老爷子已经瘦得不成样子，一阵风过来都能给他吹倒。医生嘱咐：要有节制。

李四老汉原来一个月才吃一次红烧肉，这回可好，改成一天吃两顿，吃得嘴里发腻，喉咙发涩，舌头发硬，检查身体血脂超标，血压升高。医生建议：赶紧住院。

王五老汉原来很懒，但腿脚很好。最近一年吃完饭就在公园里暴走，体重倒是减轻不少，但两腿隐隐作痛。X 光一检查，好家伙，半月板磨得薄如蝉翼就要崩溃。医生吓唬：再暴走，就得卧床！

赵六老汉原本夫妻和睦，可自从养了一条金毛犬后，注意力都转向了小狗，对老伴的感情也就淡了。半年后，老伴抑郁了。心理医生劝告：要多给老伴些温暖。

沈七老汉本来是个木讷之人，近一年和小区里的一位张姓婆婆谈得很欢，结果老伴一生气到青岛住闺女家了，劝也劝不回来。沈老汉的生活自此没人照顾，胡子花白，头发老长，上衣破旧，裤子很脏。聊天时张姓婆婆总是捂鼻子：以后你少吃大蒜！

关八老汉最有意思。他是新中国成立前辅仁大学毕业生，古文好，英文也好，特别是对博客、播客、微博、微信这些现代的玩意很在行。有时老爷子赶时髦还会用苹果手机摇一摇，看看周围有没有美女也在摇。有一次，老爷子摇到一个女的。对方自称是美女，还要求跟大爷见一面。大爷很爽快，在小区门外的上岛咖啡厅里等了一个小时，可除了对面有个八九岁的小姑娘在玩耍外，没见一个美女过来。知道自己被耍，扫兴回到家，突然美女微信里发过来几张照片，是他在咖啡厅里坐等的照片：衣冠楚楚，翘首期待。老汉问对方：你怎么没到？对方呵呵一笑：到了。没到，怎么拍这些照片？我就在你对面玩耍，你没注意到。我最恨你这样的人，微信上瞎胡整。我妈妈就是被人在微信上整走的。老家伙，你老实点！老汉还想解释什么，没想到，对方迅速把他列入了黑名单。

郑九是个随和的人，容易相信别人的话。听高大爷秘诀里有"棉线帽子不离手"一说，觉得有理。他想，你要长寿，就得保温。要保温，头就要护好。于是让儿子买了一个厚厚的棉线帽子，不管走到哪，五冬六夏都舍不得摘下，直戴得火直冒，眼直红，牙直疼，头发直打绺儿，脑袋直发懵。看中医后结论：内火上升，帽子快扔！

作为年轻人，我知道高大爷高寿秘诀中说的都是玩笑，但还是对他说的"棉线帽子不离手"比较感兴趣。问大爷何故，大爷嘿嘿一笑：

你大娘早没了，儿子也熬没了，孙子们都忙顾不上我，我从小就喜欢戴帽子，家里没人给买，就这一个棉线的，舍不得离手哩！

隔辈殇

我的婶子原是个本事人，能说会道，关键是还能生，一胎就生下两个胖小子。

嗬，这俩胖小子，一个赛一个。黑黑的头发，鼓鼓的鼻梁，粉嘟嘟的小嘴，灵动的眼神，可谓人见人爱，花见花开。叔叔高兴得合不拢嘴，婶子不顾坐着月子屋里屋外出出进进喜笑颜开。

我的大奶奶自认为有些见识，见到这个情景就不干了，嗔怒着说：成什么体统？你自己伤着身子不要紧，别伤着我的胖孙子。

叔叔自小就是个老实巴交的人，听娘这么一说一下子蔫了。婶子也不好惹老太太不高兴，自然也收敛了许多。

大奶奶还不依不饶，严肃地对小两口下了命令：自今儿个起，孙子大强和小强交给我带，你们两个该忙什么忙什么。

小两口一听老太太这么说，知道她是爱孙心切，隔辈亲嘛，自己工作忙，也倒落个清静。只是难为她老人家了。

于是，于是乎，老太太披装上阵，把两个孙子给看护得严严实实，舒舒服服。

告诉你们，这屋里不能进风，窗户和门关紧喽，要密不透风。老太太有一套理论：童子是小爷，不能染风邪。

还有，那窗帘白天也要拉上，不能见强光。老太太有一套说辞：不让光打眼，长大看得远。

可也有亲戚喜欢孩子的，不免偶尔进来看看孩子。每当此时，老太太如临大敌，反复叮咛，不断嘱咐：轻声细语，轻手轻脚，别惊着孩子，别碰着孩子。来人往往望而却步，孩子呢没见过人，好像也不太习惯有生人进屋，逐渐的，眼神就有点怯怯的怕怕的傻傻的呆呆的。人走了后，老太太把屋子扫了又扫，擦了又擦，生怕人们把什么细菌带进来伤了两个孩子。

久而久之，亲戚朋友知道了老太太的性格和心思，就不大愿意到她屋里来了。老太太倒也自得其乐。

大强和小强长大了。可奇怪的事情发生了。

由于小时候不能见风，上小学从家到学校很短的路程有阵风就把孩子吹得流鼻涕流眼泪，感冒发烧一周两周好不了。

小的时候不见强光眼睛适应能力很弱，见光睁不开眼不说，两个小家伙小小年纪就戴上了近视镜，而且近视镜度数都到了 400 多度！

更要命的是，两个孩子到了 18 岁的时候，都说话结巴，且口齿不清。

为嘛？

长期与外界没有语言交流啊。

更奇怪的是，他们每次见了我这个长满络腮胡子有点老相的叔伯哥哥，都禁不住浑身哆嗦。我听他们悄悄地问大奶奶：奶奶，那，那，那个老爷爷是谁？

唉，这隔辈殇啊！

出差

杨局长出差被人举报了。

是这么回事，杨局长和两个副局长分别坐车去南方 D 市开会、学访。听说那个地方很乱，娱乐场所多，小姐多，杨局长还年轻，怕自己把持不住，就跟妻子爱芳商量怎么办。

妻子爱芳是个仔细人，平时对杨局长管教就很严。一是每天电话得拿过来巡视一番，二是规定丈夫见了陌生女人不得搭话，三是出外办事绝对不能多看美女一眼。杨局长是个老实人，也乐得让爱芳监督，自己还对朋友调侃说，我家里多了一个纪检书记。

怎么着纪检书记？要不你跟我去一趟？

爱芳看了丈夫一眼：你还真想让我去啊？

杨局长诚恳地说：真的？你到单位请个假吧。

爱芳真的就到单位请了年薪假。

第二天下午，杨局长和妻子爱芳一同坐车去了南方。

这个 D 市还真是乱。刚一入住宾馆，就有电话打过来。一位小姐嗲声嗲气地问：喂，先生你好，要按摩么？

爱芳接的电话，她没好气地说：先生累了，没那精力了。对方一听接电话的是个女的，啪嗒，电话挂了。

还没过一分钟，又一个电话打过来。还是一位小姐。小姐很温柔：喂，您好。请问先生要服务么？

爱芳也温柔地说：都有什么服务项目呢？

对方一听是个女的，沉吟一会说：随便啦，全套的应有尽有，年轻哥哥也有啦。

爱芳呵呵一笑，看看丈夫挤挤眼说：抱歉，先生的全套服务今晚本小姐都包了，就不麻烦您了。

对方愤怒地摔断了电话。

这时，外边传来敲门声。杨局长拉开门子一看，好家伙，两个浓妆艳抹、妖里妖气的短裙少女站在门外。杨局长问：你们？

请问先生今夜要不要呢？说完，作一个撩人的妩媚状。

杨局长正要说话，爱芳一步抢出来，大声说：对不起丫头们，这先生我要了12年了。

两个女孩一听，夺路而逃。

过了一会，杨局长手机响了。是自己原来的老领导市纪委关书记的电话。

喂，是小杨么？

是。关书记啊，有什么事么您？

小杨啊，你们三个局领导是不是都在外地出差啊？你爱人是不是跟着你的车出去的？有人反映你公车私用，请你注意啊。

杨局长很吃惊，心想，我带爱芳出来只有两个副局长知道啊，怎么这么快就反映到市纪委啦？他不动声色地说，是，关书记，我让她明日即刻返回。她搭车来这里是我的主意，我回去以后写出检查，等候处理。对不起，添麻烦了。

放下电话，杨局长和爱芳迟迟没有入睡。

第二天一大早，爱芳就乘火车回去了。

吃完早饭出发时，杨局见到了两位副局长，他们几乎异口同声地问：爱芳嫂子呢？

杨局长吭哧半天没有说出话来。

但是，他看见两位副局长的公车座驾里坐的可都不是他熟悉的弟妹们！

贡献

那天，接了老家一个发小的电话。

这个发小刚子是我小时的玩伴，我们在一起偷瓜摸枣的嘎古事没少干。他又是我初中时的同学，上学没好好念书，初中毕业时什么是正数、负数，什么是功和功率或者钾、钠、钙、镁、铝化合价都是几价那是绝对搞不清楚的。高考那年，我们村30人参加高考，我们二十几人都榜上有名，刚子却名落孙山。但听说他在农村干得不错，当上了企业家，还当上了村主任，整天开着奥迪，还有秘书陪同，呼风唤雨，风光无限。

接他的电话，我还是有点自卑。虽然考学出来，没混个一官半职不说，在城市结婚也晚，房子贷款三位数，天天骑着一辆破电动车到机关上班，可谓压力山大，凄凄惨惨。

发小电话打过来，我不知是他，就问：您哪位？

刚子哈哈一笑，不无戏谑地说：还挺文明礼貌。老同学，我是刚子。

我心里一愣，赶忙说：刚子啊？怎么想起我来了？

刚子笑得更开心了，调侃着说：你猫在大城市，就想不起我们这些土豹子啦？

我不好意思地说：看你说的。你比我们混得好啊。我们就是普通的小市民，是蚁族一类。哪里比得上你，整天东遛西逛，大吃大喝，都三高了吧？

刚子笑着说：你猜对了。不喝行么？不喝办不了事。这些年把我喝毁了，原来110斤，现在180斤。现在是血压高，血脂高，血糖高，尿酸高，除了精神境界不高，是他妈什么都高。

我一听心中有点不痛快，气愤地说：你们这些人啊，党风政风社会风气都让你们这些败类给喝坏了。

刚子一听这败类两词儿，忽地火了。他提高了声音说：我们是败类，你们这些读书人是什么？我问你，你们对家庭的贡献是什么？你们对生你养你的这个村子有贡献么？

我脸涨红着说：怎么没有贡献？我赡养老人，给老人养老送终。我教育孩子，孩子积极向上，还有……

刚子轻蔑地说：那算什么？你们这些读书人啊，一个个百无一用。你说，你们一起考出去的那个良子，他爸爸妈妈重病在床十几年，他也不经常回来陪一陪。听听村里人都怎么说他？纯粹是白眼狼一个！

我抢白他说：你说的也不对。他在新疆上班，怎么能经常回来？再说，人忠孝不能两全。他在地质队干得挺好的，为国家做出很大贡献。他是不能经常回来，但是他爸爸妈妈看病花了七十多万都是他自己掏的腰包。你守家在地，支援了人家多少？

刚子说：那是他的爸爸妈妈，老人有病掏钱还不应该么？可我要问问你们，你们这考出去的二十多个人对村里有一毛钱的贡献么？

我不理解地问：你指的是什么？

刚子神气地说：你看见村里的小学了么？那是四邻八村最豪华的学校，当时花了1000多万呢！你再看敬老院，村里所有60岁以上的老人都可以入住。这个投资500多万。你再看通往乡里的那条国道，宽阔笔直，投资6800万。这些你们有一分钱的贡献么？

是啊，我们这些人有一点点贡献么？

寻思了一个白天、两个晚上也没有找出自己有什么贡献。突然地，愧疚之心油然而生。

第三天，老家表弟来电话告诉我说，刚子他们村委会出事了。家里的土地变卖后的补偿款他们侵吞了一个多亿。盖学校、敬老院、建那条国道他们贪污、吃回扣1200多万元，昨天，刚子他们三个人被带走调查了。

唉，心里难过啊。

寡妇楼

那年搬进另一个街区 13 号楼之前，一直有些犹豫。

犹豫什么呢？因为同事老张对我说：你不该搬，因为那是个寡妇楼。

子不语怪力乱神。我不迷信，可了解情况后，心里还是有些忐忑。

13 号楼位于街区中央，临街，周围环境很好，买东西很方便，交通非常便利。这个楼是个砖混四层楼，三个楼道，每层三户。我暗地里扫听了一下，做了一下了解，心里更是发毛。

您看，东边那个楼道一共 12 户，已经有了 11 个寡妇。中间那个楼道一共 12 户，已经有了 9 个寡妇。我这个楼道 12 户，已经有了 6 个寡妇。

老张对我说：男人住进那个楼，不管是谁，那是噌噌噌地走啊。

说得我头皮发炸！

住进去后，中门邻居方大哥对我说：别听他们瞎掰，要是给他们分到这个房子，他们搬起家来比谁都积极。你看咱们楼下的赵大爷都七十多了，现在吃崩豆不眨眼，喝凉水不皱眉，自己还骑自行车到县城呢。

这话让我心里放松了不少。

但是，半年后，方大哥被检出癌症，不出半年撒手西去了，那时才 54 岁。

后来又发生了一件事。三楼的小丁在一个石化公司的车间工作。小伙子身体很棒，二月份穿凉鞋，十一月份还穿着跨栏背心到处转悠。每到星期六他都约着工友们骑着摩托到二百里以外的水库里钓鱼，十几年风雨无阻。突然有一天，高烧起来。赶紧送医院，会诊，采取措施治疗。然后转院，会诊，采取紧急措施治疗。最后也不知道什么原因，不到 40 岁，留下孤儿寡母竟然去了。

我心里不免紧张起来。

我住在四楼，有一天对面的老姜又出了一个意外事故差一点也甩下姜大娘而去。

那天，姜大爷没事，说我擦擦窗户吧。自己上了窗台开始擦窗户。一不小心，掉下楼去。当时，姜大娘在家，惊得嘴张得老大，半天才喊出声：我的老头子！赶紧来到窗台向一楼望去，没人。再一看，姜大爷被挂到三楼阳台的护栏上了。姜大娘让人打开三楼的窗户，把姜大爷拉进屋里。他竟然毫发无损！

20 多年过去了，固执的我仍然住在那个楼里。

孩子们都长大了，有的上了大学，有的上了班，有的结了婚有了下一代。原先的寡妇们大都找到了新的伙计住了进来。一天我听赵大爷和姜大爷在楼下兴奋地聊天：

姜老弟：你今年多大啦？

赵老哥：托您的福，我今年 73 啦。

不行不行，你还差得远呢，我今年 93 啦。我争取活到 99 岁再跟你说再见呢。哈哈哈哈哈。

龟田

小妮子4岁时，认识好多字，能讲好多故事，会玩很多游戏，爷爷、奶奶、爸爸、妈妈稀罕得不得了。

但是任何一个孩子都是上帝曾经咬过的一只苹果，都是有一些缺点和缺陷的。小妮子也不例外。

有什么缺点呢？

其实很常见，就是吃饭不好好吃，睡觉不好好睡。

这可难坏了爷爷、奶奶，当然也急坏了爸爸、妈妈。

饭不好好吃，长不了身体。觉不好好睡，白天无精打采。这可怎么办？

问过很多人，试过很多招，啥用也不管。

但小妮子有个爱好，爱看抗日神剧。电视剧里凶神恶煞般胖胖的日本龟田指挥官一出场，她先是全神贯注，一动不动，然后就小脸煞白，硬往爷爷怀里扎。爷爷感到很纳闷。

但不看电视剧时，她又恢复了平日的淘气，旧病复发，依然故我。

细心的爷爷看出了门道儿。

后来每当小妮子淘气时，爷爷就抱着她走到一边，耳语几句，小妮子就变得很乖。该吃饭了，奶奶追着小妮子围着饭桌转，就是不肯吃一口饭。爷爷见了，就把妮子抱到一边，悄悄说上几句话，小妮子就乖乖地走到饭桌旁，一声不吭地自己把碗里的饭吃得一干二净。该睡觉了，小妮子在地上耍赖，在床上打滚，在妈妈怀里撒泼，每到这个时候，爷爷就过来跟小妮子耳语一番，妮子乖乖地躺下就睡。

爷爷用的什么法子？老爷子不说，大家也不好意思问，一连几年都是如此。

孩子上小学第一天，家里来了客人。客人是爸爸的同事，叫李贵田。他以贵田相称。

　　小妮子中午放学回家来，正好看见胖胖的贵田伯伯和爸爸坐堂屋里喝茶。爸爸介绍说：妮子，记住，这是你贵田伯伯？

　　啊？龟……

　　小妮子撒腿就跑。贵田和爸爸被逗得前仰后合。

　　他们不知道，一句话差点惹下大祸。

　　小妮子不见了。下午没有到校，家里也没见人影。全家人村里村外找了一个遍，最后在村外的玉米地里找到了孩子。只见妮子蜷缩在地埂上，浑身筛着糠，神志好像有些不太清醒。

　　爷爷心疼地把妮子抱在怀里，妮子浑身仍然不住地抖。

　　爷爷着急地问儿子是怎么回事，儿子也丈二和尚摸不着头脑。

　　爷爷又问：今天看抗日神剧没有？

　　儿子说：没有。

　　爷爷再问：家里来了什么人没有？

　　儿子说：是同事贵田来着。

　　爷爷勃然大怒：什么贵田龟田的？以后家里不准提这个词。

　　大家更加疑惑不解。

　　这时，妮子清醒了一些，看看爷爷，看看大家，突然问：那个龟田走了么？

还真该打

民国年间，战火连天，天遇大旱，粮食歉收，肉食村那叫个穷！

说叫肉食村，其实村里看不见肉店、肉铺、肉掌柜，只有空中飞着的蜻蜓、苍蝇、蚊子身上有点肉，可也解不了馋啊。

穷，但也挡不住人们空荡荡的胃口叽里咕噜地召唤。村里的老少爷们、闺女媳妇们想，真要是有口肉吃，别管是猪肉，驴肉，马肉，牛肉，狗肉，骆驼肉，来上一口那是死了也值啊！

一天早上，张家大哥扛着锄头下地去了。

张家大嫂刚一掩上柴门，就听外面一声吆喝：卖肉，猪肉嘞！

她知道是民安镇的犟屠夫来了。犟屠夫姓江，因为是个倔老头，所以人称犟屠夫。

张大嫂一听叫卖声，心里不免痒痒。都一年没见过荤腥了，家里还有两文钱，机不可失时不再来，今天豁出去了。

想着想着，张大嫂不由自主地冲出屋子。速度之快，把个犟屠夫吓了一跳。

买肉！张家大嫂高门大嗓，村子东头都听得清清楚楚。

好嘞。犟屠夫把篓筐挑了过来，一双平时立着的眼睛眯成一条线。

张大嫂走近篓筐，撸起袖子，就在筐里扒拉起来。先是拿起一块后座肉，问：这块多少钱？

犟屠夫也不言语，秤砣一挂，说：三文吧。

张大嫂又挑了一块五花肉，问：这块呢？

屠夫秤上一称，答：三文半。

张大嫂媚笑着说：你看能不能便宜些？

犟屠夫不愧是犟屠夫，话说得斩钉截铁：便宜？休想。

张大嫂脸一沉，愤愤地说：那不买了。

　　犟屠夫二话不说，弯腰挑着篓筐走了，把张大嫂一人撂在那里半天才缓过神来。

　　张大嫂挪步走进屋里，举着满是油污的双手，一时不知如何是好。

　　嗯，呵呵，有了。只见她两眼放光，欢快迅速地在搪瓷盆里洗净双手，然后掀开铁锅，带着猪油的水就一滴不落地倒进锅里。

　　贴上玉米馇馇，煮上高粱面饸饹，不一会儿，香喷喷的味道氤氲在屋中。

　　中午张大哥满身疲惫地回来了。饸饹汤端上来，大哥一闻味道：乖乖，这是？

　　问了好大一会儿，张大嫂看瞒不住了，只好如此这般地招了。张大哥一听，顿时火冒三丈：你，你，你……腾地跃起，抄起棍子劈头盖脸地把张大嫂打得就地打滚，嚎彻天宇。

　　村民们聚拢过来，赶紧劝架，以为出了什么大事，纷纷打问。

　　张大哥余怒未减，余气未消，用棍子指着自己的媳妇说：你说这个败家的玩意儿多不会过？来了个卖肉的，肉买不起，弄了两手油，在盆里洗吧洗吧就给我做汤吃了。你说你干嘛洗到盆里啊，你要是洗到缸里，咱一家人不还能多吃几顿么？

　　村民们一听这事，都咂巴着嘴说：对呀，真是不会过。真该打！该打！你说你要是把手上的油洗到村里的坑里，咱一村男女老少不就都能沾上光了么？

　　有道是：仓廪实而知礼节，衣食足而知荣辱。

　　唉，这日子过的。你说这还叫日子么？

好友圈

微信好友圈有不少人，最近我做出重大决定：删它一批！

删谁呢？

对，先删那些沉默寡言光溜边的。沉静啊，看了那么多帖子，你倒是说个话，表个态啊！我看这个圈里有你没你都一样。都说沉默是金，沉默是歌，可你的沉默让我们摸不着你的脉，探不着你的心，你一言不发，我们看不出你是喜是忧是哀是乐是哭是笑，态度暧昧，心思可疑，删！

二删那些歌功颂德跳得欢的。高歌啊，你老是在圈里发些个歌功颂德的段子。前年你发了个一心为民好公仆的文章，感动得圈里人都一个劲地喊好点赞，没出半年，那个家伙倒台了：贪污腐化，在市政建设中为亲友招揽工程，自己从中牟利九百万，关键还有情妇一大串。当然了，你不是孙悟空，我们不要求你有火眼金睛，但你没头没脑地搞个人崇拜，删！

三删那些随波逐流老蒙圈的。墙头草啊，你说你，人家发什么你就唱个喏，点个赞。那次有个人发了一篇赞扬经济改革的帖子你给了两个赞，后来有人发了一个反对经济改革的帖子，你竟然给了十个赞，还送了一朵花。我们判断不出你是属于哪个部队的，番号不明，阵线不清，墙头草，哪边风硬哪边倒，你说我还留你做啥？删！

四删那些坐山观虎壁上观的。火工啊，你倒是总发帖子，可那些帖子都是关涉到社会道义、家庭伦理、教育理念的大问题。你把题目抛出来了，大伙争论得一塌糊涂，你倒好，坐在旁边看热闹，也不参与讨论，也不亮明自己的观点，坐山观虎斗，如厕不闻臭。我看不起你这种不负责任的人，删！

五删那些骂骂咧咧总走偏的。猛将啊，你发的帖子自己回放一下看看，哪个帖子不是火药味十足？人家说某个地方好，你偏说那里不好，又拿不出让人信服的证据。人家说某个人好，你硬说那个人不好，尽管你根本不认识人家。

你整天在圈里转悠，骂骂这个，损损那个，你真倒成了骂街的猛将。删！

　　六删那些造谣惑众是非搬的。妖人啊，你倒是名副其实，真是妖人。圈里没有你不敢发的东西，那些东西真是标新立异，吸人眼球，但都是街谈巷议的地摊货。说谁谁谁和谁谁谁关系不一般咧，说谁谁谁倒卖故宫文物赚了万万千了，说谁谁谁胡乱吃了一串葡萄在菜园里睡了三十天了。这都哪儿对哪儿，查无实据，一派胡言。删！

　　七删那些七晒八晒富贵攀的。妞儿啊，你整天不好好上班整天晒你的吃，你的喝，你的穿，你的用。什么吃的都是山珍海鲜，什么喝的都是茅台拉菲罐，什么穿的都是绫罗绸缎，什么用的都是 lv 包包，另有罗夫罗伦香水价位挺可观嘞，呵呵，你干点正事好不好，你这样晒会坑爹的，没看那谁把干爹都坑了么？害人精！删！

　　八删那些事事敏感心不宽的。我看还有些人，事事敏感，处处小心，以为世界大同，天下归一，听不得不同意见，看不得不同理念，总以为好友们说的事情似乎都跟自己有什么瓜葛有什么相关，心胸狭隘，格局不宽。这类人也应该删。但是慢！我突然发现，把我自己再删了，圈里就没人了！

　　啊呀，真悬！

换房

　　小马住在京郊，跟妻子在市区上班。小两口每天驱车往返需要两个小时，孩子到了年龄也需要找所不错的小学。于是，他跟妻子商量，要不换房搬家吧！

　　妻子同意。

　　小夫妻两个从年底11月开始踅摸学区房。一个月后，终于在一所师范大学附属小学附近的一个小区里找到了一处2室1厅的房子。房子在9楼，只有90平方米，还是东朝向的房子。一问价格，每平方米6万！小两口半天说不出话来。

　　最后，通过中介讨价还价，对方业主葛大哥磨磨叽叽非常不情愿地给免了2万元。最后538万成交。

　　得赶紧卖郊区的房子！

　　房子在网上挂出才两天，好家伙，二十多拨询价看房的。最后楼上一位姓江的大哥看中了这套房。他家里有两个孩子，现在的房子太小，想改善一下，因为住这个小区也习惯了，就想买下这套房。

　　江大哥长得胖乎乎的很憨厚。问小马：说吧，心理价位是多少？

　　小马看江大哥家里的情况，比网上挂出的338万少要了一些：给我330吧。小两口心里清楚：要换房，得贷上208万哩！

　　江大哥看着厚道的小马，二话不说，从提包里拿出刚从银行里取回的100万，说：这是订金！

　　小马一看，感动不已，因为对方定金给20万足矣，给了这么多，他知道遇上了实诚人：哥，我马上就搬出去，我提前给您腾房。

　　拿着一百万，小两口赶紧联系葛大哥：葛大哥，我们这边的房子已经卖掉了。您看，您那房子没人住，能不能让我们先搬进去住一下。

　　葛大哥简直就是葛朗台：提前搬进来？那咱就提前办过户手续，办了手续我 2 月底交房。哥们，你提前搬进来，等于是提前了 63 天，每天 400 元，总共25200 元，免你 200 元，交我 25000 元就可以了。怎么样？

厚道的小马一跺脚一咬牙：行！下午就办过户手续，连同租金都给了您！

好，一言为定！

手续很快办完。葛朗台兴高采烈地拿到了 25000 元。但是临搬走时，他把屋里能够摘走的窗帘、灯座、灯管、空调、马桶、门上的即时贴全部摘走，屋里是一片狼藉！估计要是水龙头、暖气片、门子、窗户也能摘走，葛朗台也绝不含糊！

于是，这套学区房就彻底属于小马了。

没想到，二月底，经济衰退，葛朗台拿去投资的 538 万全部打了水漂！

憨厚的江大哥房子涨了 100 万。

厚道的小马那套房子竟然涨了 250 万。也就是说，他拿 25000 元生生地换来2500000 元！

小马品着普洱，望着窗外的景色在想：人啊，做好你自己，上天自有安排。

看着噌噌噌往上蹿的房价，葛朗台后悔得大口大口地抽着烟，大口大口地咽着苦涩的口水。

获奖

20世纪80年代末我参加过一个全国经济改革的大奖赛。稿子寄出一个月后就收到大赛组委会来信。

来信通知：荣幸禀告，您的大作入围百名获奖者行列！奖励等级待终评后告知。特此致贺！

妈呀，这真是天大的喜事。

这个奖项不得了。全国100000人参赛，只奖励前100名，差不多是千里挑一！而且金奖5名每人奖励1万元。那时候谁要是万元户，别人看你的眼神都是那个样子的。

获奖者来自各行各业。

一位在广东的打工姑娘小青接到获奖通知后，领导看了大喜：这家伙，人才啊！赶紧叫过来人力资源部门领导，先奖励小青同志1000元。看看有无特殊渠道或者政策，帮小青同志由合同工转成正式工。人才难得啊。人力资源处王处长不住点头，回去赶紧安排，不出两周，小青的工作落实了。

某部队的一位解放军战士小连是个班长，平时喜欢舞文弄墨，写点东西，看到大赛启事，急就一篇短文。一个月后也接到获奖入围通知，连长知道了，赶紧给上级打报告，说连里发现一个人才，这人才在国家级的赛事中获得大奖。团首长很高兴，最后批准了连里的报告：给小连立三等功一次，并破格提任一排副排长！

广西苗寨里一位年轻的姑娘小黎是寨子里的科技新星，平时也喜欢思考，喜欢写作，喜欢投稿，这次参赛也入围获奖者行列。镇长听到汇报，知道这是件可喜可贺的大事。他迅速召集班子开会，决定在苗寨里庆贺一番。你再看，苗寨里张灯结彩，鲜花簇簇，人们身着盛装，载歌载舞，唱啊跳啊，喝啊闹啊，连续三天三夜，昼夜不停不休。俨然过节一般！

我们地市国税局的一位哥们小江长相很差，职位不高，收入很少，别人给介绍了十几个姑娘，一见面清一色都是人家不乐意，弄得他心灰意冷，脸上无光。看到大赛启事，他也试着投了一稿，没想到就中了。接到获奖入围通知后，在很短的时间内人气攀升，来说媒的接踵而至，络绎不绝。那天有个同事在办公室接了一个姑娘的电话要小江听电话，她自报家门说是小江的女朋友。小江心不在焉地问同事：是哪个女朋友？乖乖，这家伙交了桃花运，感情女朋友已不止一个！

我接到通知后，也是万分激动，万分高兴。

然而，又一个月后，媒体上揭露这次大赛有来自 13 个国家十万多人参赛。其中光是部级干部就有 97 位！

媒体揭露，大赛组委会存在欺骗、乱收费行为，100 名获奖入围纯属子虚乌有！

当然，后来我因祸得福。在此后专家组织的评选中，我得了一个铜牌，奖金虽然被取消，但我站到了人民大会堂的领奖台上！

但不知那几位加薪晋级立功提干搞了庆祝交了桃花运的哥们姐们们最后命运如何？

惑

市水利研究所要派进一位书记的消息传遍了所里 16 个人的每一个办公室的每一个角落。

所里本来有书记，是所长施一潭兼任，为啥又派一个来？大伙不解。

于是，7 个副高工、2 个副研究员首先一致表示反对。高级知识分子事情做得文雅些，反对的意见写成书面文字，让高级工程师徐大庆呈报给了市水利局党委。

为什么让徐大庆递呢？因为他年龄大，脾气大，胆子大，也爱提意见。他代表大家写了意见书，内容很简单，表述很直白：我们研究所在施所长兼书记的领导下形势大好不是小好人人努力个个拼搏人都不赖书记最好不要派。

所里年轻人有 6 个，都是中级职称，清一色重点大学毕业，其中一个还是国内重点大学毕业的硕士，办公室主任小武国内重点大学毕业后到德国亚琛工业大学读了工程硕士，他们反应更为强烈：完全不欢迎！

你看，派来的书记范伟刚一进楼叫电梯，有人早就把电梯占上了，电梯嗖地一下直奔五楼而去。范书记在下边等啊等，电梯就是不下来。没办法，范书记只好和组织部的干部尴尬地爬楼梯上三楼了。

上到三楼想进小会议室，看到施所长正满头大汗地鼓捣着开门，锁眼被人用火柴堵得严严实实，开不了！

施所长大声吆喝着办公室主任——年轻的工程师小武。小武只好找来一个榔头把门先撬开。他撬门的时候，大家喝彩鼓掌，几个年轻人鼓得最为起劲。

范书记不动声色。其实，范书记也是学水利的出身，只是后来走上了仕途，做了行政，后改作党务，他应该是一个懂业务懂党务的复合型干部。但是被派作所里的书记，他没想到大家这么反感，这么抵制，这么不给面子，这么让他下不来台。

然而，半年后，情况有了变化。

大家开始觉得范书记这人还不错：挺和善，尊重人，很谦虚，很民主，关心人，帮助人，不贪财，不收礼……

小武试探着给范书记送过一盒名贵茶叶，范书记当即给退了回来。范书记孩子结婚，大伙凑了10万元的份子，范书记婉言谢绝了。一位高工晋升教授级工程师给范书记送了3万元，范书记当场批评那位高工，分文不取。一位年轻的工程师晋升副高给范书记送去价值3万元的一块手表，范书记当时收下手表，但等那位年轻人评上职称后，范书记又完璧归赵。这事感动得那位工程师三天三夜没睡着觉。

一年后，施一潭所长退休了。上级决定范伟兼任所长。有人在所办公楼前放了鞭炮。范伟发现是小武干的，就决定要和这个有点性格的海归谈谈心。

范伟书记问：小武同志，为什么放鞭炮呢？

小武说：送贪官。

范书记问：你说谁是贪官呢？

小武说：您没听说过大伙背地里叫所长什么吗？

范书记问：叫什么？

小武咬牙切齿地说：是一贪。

范书记大惑不解：听说在我来之前你们对施所长评价很高对我不是非常抵制么？

小武反问说，您知道为什么吗？

范书记很感兴趣地问：为什么？

小武声音提高了八度：那是因为大伙觉得又来一个贪官。以前每一个晋升职称的都得送给所长3万元的钱或物，无一例外。您想啊，过去所长、书记职务一个人兼着，给3万就成，您这一来，好么，一人3万，两人就是6万，大伙受得了么？您说不抵制您抵制谁？

哦，原来如此。

吉也，凶也

老井是旧军队里过来的人。一生跌宕起伏，遇到的事儿不少。

他说，他是在平津战役时被解放军俘虏的。当时营长临阵脱逃，他提枪就顶上了这个倒霉的差事，临时代理营长。解放军潘政委看他是国民党军校毕业的就给他做工作，让他随大军南下，说可以官复原职带兵打仗。老井可是动了心思，但他是个孝子，捎信给家里征求老人的意见。祖母是个迷信的人，赶紧从村外 60 里地的一个镇子上找来个算命先生给孙子算算吉凶祸福。

算命先生一般都有一套本事，他们常用的台词有很多，比如六亲缘疏，伤克子女，子嗣命薄，命宫阴暗，岁运并临，命中有劫，流年大凶，冲克太岁，气数已尽……不明就里的人一听到不好的词儿立马就被吓得魂飞魄散。

来到家里刚一落座，算命先生就把他的看家本领炫耀一番，此时老太太已经信了一半。

算命先生一听是老太太的孙子要南徙，先是口中念念有词，捋捋胡须，掐指一算，然后一翻白眼说：不好！你的孙儿此次南下凶多吉少。得，这一算，老井就是铁心想跟解放军走也是不成了。

此后的老井，颠沛流离，生活无着。干过商贩，做过瓦匠。累点苦点穷点倒不算什么，关键是政治运动一来就受了大罪。

先是三反五反，给吓个半死。后来老井的国民党身份被挖了出来，被迫失去了公职。相濡以沫的妻子也被迫离了婚。史无前例的文革运动一来，地富反坏右老井又占上一票，天天晚上得参加批斗会，批斗张三，他得陪站，批斗李四，他得陪绑，批斗王五，他得陪骂，整整十年，不得安宁。

改革开放后，老井当了几年业务员，过上了正常人的生活。80 岁那年，亲戚们张罗给说了后老伴，过了几天有亲有热的生活，但是后来身体每况愈下，两位老人又不得不分开由各自儿女赡养。

　　儿子是个读书人，喜欢刨根问底，他总想问一问父亲，对那个算命先生的话到底是信还是不信？究竟是留下来对还是跟着部队走对？每当提起这个问题，老井总是摇摇头，一脸拒绝回答的样子。儿子也不好再问。

　　有一年冬天，天气特别的冷。老井患了重感冒，最后是真的不行了，喘气如跑马拉松那样沉重，被120送去医院，小李医生看完X光片后说："肺部感染太严重了，毕竟90岁的人了，家里早做准备才是。"

　　呼吸机上了，消炎药大剂量地给，但都无力回天，情况依然很糟糕。

　　老井弥留之际，脑子异常清醒。不能说话的他，跟儿子比画着要东西，儿子知道父亲是要写字板。儿子把写字板递给老人家。老井吃力地在写字板上写了这么几句话：

　　时也，运也。运也，命也。命也，数也。孩子们，珍惜现在每一天。

技术活儿

清明节，老洪父子俩来到天安公墓祭奠老爷子。

献上一束花，供上一盘点心，摆上老爷子生前最爱喝的老酒，行完注目礼，然后三鞠躬，老洪泪水不禁夺眶而出，他想自己的爹啊。

他情不自禁泪眼婆娑地跟儿子讲起了自己的童年。

那时候家里三口人，两间土坯房里出出进进三条光棍，屋里缺个做针线活的。照理说应该是衣服破了没人缝，扣子掉了没人钉，但是不，老洪的衣服尽管补丁摞补丁，但从来都是整整齐齐，看着舒舒服服，那都是老爹趁他睡熟时给一针一针补好的。村里的婶子大娘见了无不啧啧称奇：好一手技术活儿！。

更奇的是，在那个几乎人人挨饿的年代他竟然没有饿过一次肚子，这绝对是个奇迹。记得那时候老爹朋友很多，每次进城回来，老爷子都带回来很多那时候大多数农村人连见都没见过的香蕉、荸荠、柚子、柿子、挂面、蛋糕等等。老爹每次进城，对当时的老洪来说都会是一场饕餮盛宴，村里的孩子们羡慕嫉妒恨啊。

还有更奇的，记得还有一次过年，家里没有吃的了，眼看就要断顿了，老爹二话不说，拎起一张撒网走到村北清河。桥上站定，一网出手，五十多斤鲫鱼、鲤鱼尽收网里，爷三个竟过了个肥年！老爹生存生活的智慧让他佩服得五体投地：真好一手技术活儿！

老爹军人出身，对自己的独子虽然爱在心头，却也严字当头。待老洪上了小学，玩心很重，有一次字写得有些潦草，老爹勃然大怒：学就得认真！说时迟那时快，刺啦，作业本一撕两半，屁股上早被重重地挨了三巴掌！晚上睡觉时，老洪仍然委屈地淌着眼泪，老爹坐在炕边默默地看着儿子一言不发。待老洪睡熟，一只粗糙的大手轻轻地为他揩去眼泪，额头上又滴下老爹热烫的泪水。老洪心里领略了老爹那如山的父爱！

　　老洪五十多岁时，老爹已经八十多岁了。但老爷子坚持自己的事情自己做，从不给自己的孩子们添一点麻烦。一大家子人聚会时，老爷子自己在厨房里忙碌着，年轻人想搭手帮个忙那是连门都没有。老洪提出黄瓜由他来切，老爷子摆摆手说：你哪里会干这个？在老爷子85岁去世之前，他老洪愣是没有捞到进厨房的机会。没有亲手为老爹做一顿最简单的饭，他悔啊！

　　老洪知道老爹这一生把自己全部的朴素的爱都给了子孙后代。他对幸福着幸福的儿子动情地说：儿啊，人生就是碰碰胡。碰对了方向，光彩一辈子；碰对了爱好，充实一辈子；碰对了师长，收获一辈子；碰对了家庭，舒服一辈子；碰对了父母，那是幸福一辈子啊。

　　老洪的儿子此时才明白，投胎其实也是个技术活儿呢！

巧合

最近我在省级文学大赛上获得一个大奖。组委会在东北组织一个笔会，我被邀参加。

上午开会，各种发言，各种颁证，各种表彰，各种渲染，各种煽情，不一而足。

我以小小说《漂亮寡妇》赢得金奖第一名，当然是会议的头牌，闪光灯都朝着我"嚓嚓嚓嚓嚓"亮个不停。发言过后，我就先混个脸熟。

中午吃饭时，我被安排坐到主桌上，是几个与会的文学刊物总编和编辑那个桌。

这个刊物的总编握握我的手说：多支持啊。

那个刊物的副总编拍拍我的肩说：小伙子不错嘛！

这时有个50岁左右的先生从口袋里掏出一张名片递过来：《小众文学》总编洪力，请多支持！

《小众文学》？这刊物怎么这么熟悉？

哦，我想起来了，我这篇《漂亮寡妇》曾投过这个刊物的，但是两个月杳无音信。

我毫不隐晦不怀好意地说：洪主编，要是没记错的话，我这篇稿子是投过您那刊物的。但是贵刊给毙掉啦。

洪主编一愣：是么？

我肯定地说：没错。

洪主编尴尬地笑笑，然后镇定地说：也许是他们认为不怎么合意吧。

我不依不饶：我这稿子也不反党不反社会主义不宣扬暴力不涉及民族问题，怎么会不合意呢？

洪主编不以为然：你还是初生牛犊不怕虎啊。文学这条路走起来很艰难。

投稿、用稿的事情也很复杂，影响因素有很多。他指着一位年轻的女子说：这位是我们编辑部主任张黎，她有经验，你可以多跟她聊聊。

　　张黎青春靓丽，主动伸出手来：你好，这是我的名片，幸会！

　　我很被动地接过片子：幸会！

　　张黎快人快语：陈先生，其实，你那篇文我看过。一审是通过了的。

　　我有点着急：那二审是没送还是没过呢？

　　张黎坏笑着说：你小说里那个漂亮寡妇姓什么？

　　我说：姓方啊。

　　张黎笑坏了：这就对了。你犯了大忌。

　　我更困惑了：怎么犯了大忌？

　　张黎郑重其事地说：我们负责二审的副主编是位单身妈妈。

　　我有些生气地问：单身妈妈怎么了？

　　张黎笑得趴到桌子上了：单身妈妈怎么了？关键我们副主编也很漂亮，更为关键的是，她也姓方！

　　唉，竟有这样的巧合！

坚持

这不是那谁么？

公园门口，一个熟悉的身影映入我的眼帘。

我赶紧走过去，打量着一个中年汉子，脱口喊了句：张邈！

那人仔细看了看我：老班！老班是我的绰号。在师范学院里，我是外语系英语一班班长。年龄比同班的同学大一岁，所以大家以老班相称。

张邈也认出了我，我俩紧紧地拥抱在一起。

我拉着他走到一个长条椅上坐下：快说说，这三十多年你都跑哪里去啦？

唉，一言难尽啊！张邈的眼圈红了。还是先说说你吧？你都跑哪里去了？

我说：我没去哪里。那年四清运动我去了郊县，四清运动后，就留在了县里的一个公社中学教书。我不无骄傲地说：我还是全能教师呢。教英语，教语文，教数学，教物理，教化学，教音乐，教体育，除了没当校长和书记，学校里的活儿都干过来了。后来县一中缺教师，我调到县一中教英语，现在已经带了十几届高三毕业班啦！

张邈问我：成家了没有？

我说：耽误了。你知道，在大学里我曾经追过班花李娟。可人家不乐意，后来也就没有兴致再找啦！一个人过还是挺好的。快说说你吧。

张邈说：其实没有什么好说的。那年咱们班四清下乡，家庭出身好的，学习成绩好的，现实表现好的都下乡了。我出身资本家，又有个历史反革命的老爸，再加上我的英语总也学不好，每次考试都拉全班的后腿，又不爱交往和沟通，辅导员和系里的老师对我评价很低。所以你们下乡了，咱班就我一个人没有被批准去参加四清运动。当时，万念俱灰啊。

后来我就想，既然上了大学，不能就这样混下去啊！所以你们搞运动的时候，我就聚精会神专心致志争分夺秒地学习英语语音、词汇、语法，认认真真扎扎实实地训练听、说、读、写、译的技能。"文革"中，你们都参加了工作，我待在家里，刻苦攻读，闭门修炼，英语语言水平提高了一大截儿，英语文学水平也有了不小的进步。

后来呢？我问。

后来，总得找点事情做啊，老人年龄也大了，我不能再啃老啦。改革开放后，有了翻译资料的需求。我到一家翻译公司求职，正好赶上一部引进的英语书稿，我翻得很好，用户很满意。没想到，这部书稿成了我个人生活中的转机。

那个用户是一所重点大学文学院的院长。看到译稿后，那个院长大吃一惊。他忙问这个译者是什么学术背景？公司经理说，他就是一个普通师范院校考英语老不及格的大学生！

院长不信，就主动约我到学院一叙。我去了。没想到李娟也在。你知道我也追过她。当时几位老教授出了几个题目，大概跟文学和翻译有关，因为我对什么密尔顿、莎士比亚、狄更斯等都太熟啦，所以对答如流。院长当即拍板让我调入那个大学工作。你说这就跟做梦一样。后来在那个大学做了教授，还成了硕士、博士生导师。

我挺感兴趣地问：那你说说成功的秘诀是什么呢？

张邈肯定地说：坚持不二呗！

我暗地里为老同学点个赞。

然后我又提出一个我三十多年里都非常感兴趣的问题：老同学李娟成家了么？

张邈不好意思地说：我们早就在一起了。

检察院来人了

上午8：00多，市纪委的小张风风火火来到区教育局局长室，推门进屋，邱局长、饶书记正在议事。

小张一脸紧张地说：两位领导，省检察院来人了，下午有事找你们谈。看你们谁出面接待一下？

屋内登时气氛凝重。

局长、书记眉头紧锁，面面相觑。邱局长说：还是我来吧。

小张说：好，下午3：00我陪检察院的人来。局长点头说：那好吧。

小张走后，饶书记告辞离开。邱局长关上门约一个小时后，把局里几位领导找过来，开了一个小会。会议很短，只是通知大家：省检察院下午来人，不知为何而来，大家好自为之。

于是，于是乎，局里热闹了。

老奸巨猾的皮副局长没打招呼就脚底抹油离开了区里。皮局长主管人事，这几年调整干部、调动教师、职称评聘暗地里动作不小。

每次干部调整他都是事先打个招呼，说李校长你看你在这个学校呆了太长时间啦，是不是该挪动一下了？是希望到近一点的学校呢还是到远一点的学校呢？哎，我说张校长你在这个学校也有六七年了吧，是不是该走动一下啊？是想到大一点的学校啊还是小一点的学校啊？虽然职级上是平调，但背心改乳罩，位置很重要。一般得到信息和暗示的人都会意思意思，表示表示。那些没有意思没有表示的人是休想被调整到理想的岗位或学校的。

区里的学校有的待遇好，连手机、手提电脑、卫生纸都发。有的学校待遇极差，发不起鱼，发不起虾，发个鸭梨、苹果还得到处乱划拉。所以教师流动性也很大。皮副局长从中渔利就有了空间，有了机会。

晋升职称对教师而言是件大事。因为没有职称，你就得不到承认，得不到身份，得不到待遇，得不到尊重。皮副局长深谙其道，所以一到每年的职称晋升季就大收一把。多了没上限，少了倒有底线：3万。

皮副局长想着想着心虚，大事不妙。三十六计，走为上！

一向谨慎的沙副局长下午2点钟递给饶书记一份检查。检查是这样写的：

敬爱的组织：

对不起，我犯了很严重的错误。

组织信任我，让我负责学校基本建设。起初几年我是小心谨慎，小心翼翼，认认真真，任劳任怨，不计名利，不求回报。但是跟社会上的人打交道多了，受社会不良思想的影响，世界观变了，价值观变了，人生观也变了。这些年二十多所学校、幼儿园上设施、搞项目，市里、局里没少投入。几十个公司、施工队参与其中。人家送礼金我倒没敢收，但是礼物特产收了不少。回忆几年来自己收受的礼品和特产，汇总如下：

内蒙宽粉15斤；山西老陈醋1箱；闷倒驴白酒4瓶；薄皮核桃10斤；沧州鸭梨2箱；锦州大米2盒；十三香15瓶；狗皮褥子2张；鞭炮3000响3挂；滚地雷面瓜5斤；哈密瓜6斤；金丝小枣3斤；草帽2顶；拐棍2支；泥坑王八2个；德州扒鸡3只；王致和臭豆腐6罐。

我对自己的错误有清醒的认识。对不起组织对我多年的培养。我愿意接受组织对我的任何处分。

此致，敬礼

沙XX

胆大活跃的覃副书记递来一张请假条，说自己乡下的舅妈的儿子病重，需要请假半个月。

覃副书记年轻有为，29岁就走上了领导岗位。只是经常有人反映，说他跟年轻漂亮的团委书记有些暧昧。有人说，什么有些暧昧，那是相当暧昧。你想啊，团委书记老大不小了，就是不谈对象不嫁人，天天往覃副书记屋里跑。两个人总是一块出外旅游，出外培训，出外学习，出外兜风，出外溜达，出外吃饭，出外唱歌，出外按摩，那还不叫相当暧昧么？

有人跟饶书记汇报，说看见覃副书记自己驾着迈腾，一个妖娆女子坐在车里，朝乡下方向炮了。

下午2：30，饶书记打电话给邱局长，声音低沉、无力：老弟啊，检察院那里你盯着点吧。我下午去省城有件重要的事情要办。

你猜书记要办的什么事？

原来最近反腐风声一直很紧，饶书记前些年经商办企业，大赚了一笔。钱投向哪里呢？精明的他看准了房地产，一连买了九套房子。每套房在省城都是五六十万，现在每套都在百万以上。看风声紧，怕说不清，很早就想把房子甩出去，房子也在网上和中介处那里挂了出去。这次，饶书记痛下决心，决定低价甩卖。他想，到了省城该签协议签协议，该过手续过手续，一定用一个下午哪怕挂点晚也要把事情办利索，不过心里暗暗叫苦：按照现在买房人出的这个价格他至少会少赚二百多万。

看着局机关里的干部走得走，躲的躲，邱局长一时火起，血压上升，倒地休克。办公室谢主任见此情景，大惊失色，赶紧拨打120。车到楼下，邱局长方才苏醒过来，只听他用微弱的声音摆摆手说：小谢，就让咱们的纪委温书记接待检察院的人吧。

120呼啸而去。

局机关恢复了平静。

第二天邱局长转危为安。纪委温书记到医院汇报并探望局长。

局长问：昨天检察院来了几个人？

温书记答：来了两个。

局长问：都了解些什么情况？

温书记说：没什么。是检察院检察长的亲戚办了一个直饮水公司。看看我们学校有没有这方面的需求。

局长腾地坐起来，连声问：还有呢？

温书记说：没了。就这。

邱局长如释重负地长舒一口气，慢慢地合上了疲惫的双眼。温书记悄悄地从屋里退了出来。

医院大厅里，正好与从省城赶回来的饶书记撞个满怀。他如此这般这般如此地又向书记做了个汇报。

只见饶书记脸色发白，双手捂着脑袋，大粒大粒的汗珠顺着苍白的脸颊淌了下来。

温书记关切地问：书记您这是怎么了？

饶书记捶着自己的胸口大叫一声：我的二百多万啊！

幸福很简单

秦江老汉活了九十多岁，一生好福气。

他福气好到什么程度？让我一一跟您道来。

他小的时候，家里穷得叮当响，没办法，还没到 18 岁，老爹就把他送去参了军。他去的可不是什么好部队，而是一个知名军阀领导的什么军。

其实就是混口饭吃。没想到混得还不赖。他那个部队的连长是他的老乡，见他长得眉清目秀，就让他当了警卫员。整天跟着连长吃香的喝辣的，一次战役后，他和连长被打散了，他拿着一把盒子炮闯进当地一个财主家里。财主吓得浑身直筛糠，没等他说话，就把三百大洋用包袱皮包着送到他的怀里。走的时候，财主还主动把自己的 16 岁的美貌闺女小花送给他做了夫人。

这简直就是飞来的横财，白得的美色！

秦江哼着小曲回到了自己的家乡——保定。小花给他生了 4 个娃，他心里乐开了花。

后来八路军打到了那里。他拿枪的手痒痒，从屋后挖出盒子炮跟着八路进了白洋淀。英勇杀敌，立功受奖 3 次，当了排长退役回家。这时全国已经解放，他进城当了工人。

后来三线建设启动，他随建设大军去了贵州一个大型冶金企业，在沸腾的群山中他披红戴花，当了劳动模范。小花和四个娃也随他去了那里定居。

"文革"爆发。在这大山里没人知道秦江，没人认识小花。冶金工人一个，一线职工一枚，外面乱得不行的时候，他们一家度过了相对平稳的一段时光。

可是，有件事他们脱不掉。60 年代末 70 年代初，他们和我们一样也是穷得叮当响，一家人虽没有衣不遮体、食不果腹，但也绝对穷得可以：全家只有一两件囫囵衣服，只有一两床破旧被子，只有一两件掉漆家具，只有一两张人民币毛票，只有一两个不离不弃的宠物——一只小笨狗和一只小花猫。

这家讨点，那家送点，但日子依旧艰难。

青菜零买买不起，秦江就在自己的小院里挖了一个菜窖。没想到，家里自此过上了小康生活。

秦江又哼起了小曲，红晕又回到了小花的脸上。秦江的4个儿子都娶了漂亮的妻子。

四世同堂的秦江90岁时，还提着鸟笼子四周围转悠。孙伙计们老拿他开玩笑：爷爷，您幸福么？

秦江捋捋胡子说：当然。

孙伙计们不依不饶：怎么才算幸福呢？

秦江眨着眼睛说：其实幸福很简单。特别是当你运气好，无心插柳柳成荫时。

孙伙计们问：您说的是什么意思？

秦江用手帕擦着眼睛幸福地回忆着过去哈哈笑着说：比如，当你闯进一户人家就是为了弄口饭吃却得到一笔财富和一个美女，当你挖菜窖就是为了冬天储存白菜却意外地挖到一坛子金元宝使得全家人改变命运时！

孙伙计们个个眼睛瞪得老大，嘴巴鼓得老高！

较真儿

小狄同志在东北一个有色金属公司工作。他是个较真儿的人，而且不是一般地较真儿。

这不，由于技术能力强，处里提他当了质量检查科副科长。生产科沙科长见了他，就远远地打招呼：狄科，忙呢？

小狄翻翻眼，摆摆手：副科长，准确地说，是狄副科长。

沙科长没有作声，心想：神经病，这么较真干啥玩意？

小狄同志工作上一是一二是二。有一天一个科员递上来一个检验报告，他一看数据，火了：这个可能么？矿粉的品位不可能这么高！你拿回去重新化验。

科员噘着大嘴把报告撤回去，重新化验后，果真差了一个点儿。科员大大咧咧地说：不就是一个点儿么？

狄副科长眼睛一瞪，咆哮着说：一个点儿？一个点儿一块钱，你算算公司一年10000万吨矿粉，那就是1个亿的损失。你赔得起么？

科员一听，吓了一跳，吐吐舌头，溜之乎也。

小狄生活中也一是一二是二。因为工作忙，家也顾不上。貌美的妻子总有些怨言，两个人不免产生一点矛盾。老岳父护着女婿，就给他出主意：你看你们俩总是为洗衣服、做饭闹矛盾。我给你出个主意，你也别说不洗衣服，不做饭。你洗衣服时，故意别洗干净。做菜时，多抓上一把盐。以后她就不让你洗衣服不让你做饭啦。

小狄一听，火冒三丈：这是什么馊主意？为逃避家务劳动，故意把衣服洗不干净饭菜做得齁咸，这不是坑人么？我不干！

老岳父一听，差点背过气去。

多年过去了，小狄工作上、生活里还是依然故我，没有任何改变。

当然，他这么较真儿也得到领导赏识，但同事们多有微词。很快，他被提拔为质检科科长。后来岗位轮换，他被调到生产科当科长，沙科长到质检科当科长。调动命令一公布，质检科一阵欢呼，小狄科长却很平静，面带笑容地搬出了自己的办公室。

半年后，我问质检科科员小李：怎么样？现在科里还好吧？

好极了！环境宽松，心情舒畅。小李满脸兴奋地说。

又过了半年，我在路上再次遇到小李，又好奇地问起他质检科的情况。

小李叹了口气。

我问他：怎么啦？

他哭丧着脸说：沙科长因为渎职，被停了科长职务，可能要追究领导责任。三个科员因为在检验中做手脚给公司造成重大损失被查，昨天依法被提起公诉，可能都要入刑。

我急忙问：你没事吧？

小李带着哭腔说：我这不也去配合调查嘛。

今天是个好日子

　　吴仁办了一家化工厂，很赚钱。

　　他定期拿回家一笔钱，妻子阿丽照单全收，但从来也不打听他的工厂生产什么，效益如何。她知道，工厂肯定效益不错，要不哪里来的这花花绿绿的票子？

　　周围的工厂效益都不太好，因为用工成本很高，环保达标压力很大，光是环保设施投入的钱就把企业挤兑得五迷三道、苦不堪言。但吴仁的厂子好像环保一直达标，没听说他的环保压力有多大。一个化工厂竟然没有环保压力，这让我们百思不得其解。

　　看吴仁，整天坐着小车出入厂区，检查这，检查那，指指点点，比比画画。工人们都衣着整齐，每人都带着防护口罩，让人觉得他们厂子很严格，很正规，很一本正经，很有些与众不同。

　　上边总来他们厂检查达标排放，这个化工厂每次都能达标。空气检测、环保监测都能达到环保部门的标准。

　　今年评选环保先进企业，吴仁的化工厂被评为先进单位。吴仁在台上披红戴花，还领取到一笔环保奖励。吴仁代表先进企业发言，说了一句让大家、让领导、也让他自己深信不疑的话：企业消灭不了污染，污染就会消灭了你的企业！

　　大家热烈鼓掌。吴仁满面红光。

　　回到厂里，他下决心准备抓紧好好改造一下现有的环保设施。

　　一大早，他就急急忙忙来到厂里。这天正是个雾霾天，虽然是在山区，但空气污浊地几乎让人喘不过气来。他刚刚坐定，常务副厂长胡孬的电话就打进来了。

　　胡孬：厂长，今天是个好日子啊！

吴仁：是啊。咱们是环保先进企业了。原来的法子看来不行了。今后，环保设施得改造。通知下去，今天是最后一次。赶上这么个好日子，该怎么办，不用我说了吧?

胡孬：明白!

于是，在雾霾的掩护下，废气放散开始了。

过了一会儿，阿丽打电话来，说来厂里找吴仁，有急事跟他商量。

吴仁赶紧问：你现在在哪里?

阿丽喘着粗气答：就在门口，我……

吴仁大惊失色，迅速戴起口罩，健步如飞地跑到厂子门口。雾霾里吴仁看到阿丽躺倒在离大门口不远处的一棵槐树下。

原来这是一家生产"氯化石蜡"的阻燃剂工厂，在生产的过程中会产生一种盐酸气体。在向外排放过程中，阿丽没有防护，可怜她稀里糊涂地成了受害者和牺牲者。

吴仁看着倒下去的阿丽，血压上升，胸口发紧，咚的一声也倒在了地上。

你说，这是一个什么日子哟!

镜子和影子

有我的嘛事儿？这是老马的口头禅。

老马在哈尔滨市一个国有化工企业精加工车间工作，也是一个有着几十年工龄的老师傅了。他生得五大三粗，但平时手懒腿懒，对待工作高度冷漠，车间主任车间书记工长段长班长换了一茬又一茬，但老马还是依然故我，小兵一个。谁给他布置工作他一声不吭，人家走了，就自个儿嘟囔一句：有我的嘛事儿？领导拿他也没有办法。到后来他年纪大了，谁再给他布置工作，他是连眼皮都不愿意抬一下了，那意思是说：你们说的这些有我的嘛事儿？

儿子小马生得虎头虎脑，憨憨厚厚的。加上人又聪明，在学校里老师们同学们都很喜欢他。但老马对孩子教育却有一搭无一搭的，生活上不关心，学习上更不关心。别人提醒他，老马满不在乎：有我的嘛事儿？你看我，这样过一辈子不也挺好么？同事们朋友们见多次劝说无效也就不再多言了。

小马稀里糊涂考上了市里的一所区重点高中。高一学习勉强可以，高二就开始懒懒散散了，到了高三学习每况愈下，老师就看不过去了，于是班主任李老师就把老马约到学校，对他说：马师傅，孩子的教育问题不是小事儿，人无远虑，必有近忧。家长是孩子的镜子，孩子是家长的影子。咱家长可不能糊涂，孩子该立志的时候要立志，该努力的时候得努力，不然的话，以后可有你上火着急吃不下饭睡不着觉的时候。您看，这孩子语文作文，老师让他写 800 字，他只写 80 个字，数学作业 10 道题他只做了 1 道，更可气的是这外语，老师要求每天背 5 个单词，咱这宝贝儿一个学期也没背 5 个单词。这样下去怎么得了？

李老师越说越气，红扑扑的脸蛋变得铁灰。再看我们老马师傅似乎睡着了。当他意识到班主任吐槽完毕批评结束的时候，他才微微睁开厚厚的眼皮，似乎很不满很不屑很无辜地说了句：有我的嘛事儿？

李老师脸色由铁灰变得苍白。教书十几年，压根儿不会想到能遇上这么一位家长。当时李老师身后靠着一个柜子，不然当场就得轰然倒下。过了一会儿，缓了缓神儿，她有气无力无可奈何地挥了挥手：您走吧！

小马生逢其时，高校扩招，机会蛮多。尽管小马高考成绩很是差劲，还是被西北的一所大专学校录取。看到孩子考上大学，老马喝得一塌糊涂。也平生尽了一把父亲的责任亲自把小马送到了学校，但是自此就不闻不问起来。

三年后，小马归来。人长得更胖了，胡子也蓄起来了，西服脏得没有了底色，裤子上边多了三个洞洞。书包不见了，但进屋时，小马气喘吁吁地扛着一个鼓鼓囊囊足有几十斤重的蛇皮袋。老马见状，不免起了怜悯之心，从儿子肩上接过蛇皮袋，拍拍儿子肩膀，逗儿子说：给爹先看看你的毕业证书长得是什么样子吧？

毕业证书？没有！说得斩钉截铁。

老马很诧异，咋？

大学学习没意思，学校开了27门课我一点兴趣都没有，都挂了。

老马大惑不解，挂了什么意思？

挂了就是考试不及格。

老马一听五雷轰顶：那你这一袋子书不是白读了么？

什么书？我都扔了。三年里看了几百张光盘我舍不得扔都给扛回来了。

老马一听，你……眼前一黑，立马人事不醒了。

经过医院抢救，身体算是没有大碍，不过健康还是埋下隐患。

几年里，小马找了几份工作，但都因为无精打采不负责任被单位辞退了。老马媳妇一看儿子也大了，赶紧给孩子张罗媳妇。很快同事张大姐给介绍了一个湘妹子，这孩子要气质有气质，要模样有模样，属于人见人爱的那种姑娘。老马对儿子的婚事不知出于什么考虑好像也上了心，但小马却无动于衷，表现得并不热情。老两口赶紧撮合，谢天谢地，3个月后，小俩口拜堂成亲。

可是洞房花烛一夜，俊俏的媳妇哭着跑回了娘家。第二天上午新郎小马让人从社区的游戏厅里揪了回来。

老马有些怒不可遏。他厉声问小马：究竟是为什么？让你读大学，你花了家里那么多钱在大学里不学习看了三年光盘连文凭的毛儿也没有让我们见到。帮你找了几份工作你都做不下来。给你娶个漂亮媳妇你却冷血相对，洞房花烛夜竟然不顾媳妇独守空房跑到游戏厅打游戏，你的责任感哪里去了？

小马好像是睡着了，听完老马一通咆哮一顿埋怨一阵指责，才微微睁开惺忪的双眼，说了一句让老马再也没有理由能够站着活下去的话：

有我的嘛事儿！

绝招儿

丝网厂老厂长要退休。接班人要在孙仁和王福两位副厂长中产生。

两个人都想当这个厂长，但都心照不宣。

王福比较老实，人又内向，作为生产副厂长，天天忙着工作，忙着处理生产中的各种问题。他一不送，二不跑。他的理论是：官不是要来的，一切顺其自然好。

孙仁呢，主管行政，结交广泛。于是里勾外连，上下活动。但上边好像没有明确让他接任的迹象。所以心里不免着急起来。

有一天，孙仁叫着4个科长在一个隐秘的地方喝了一场大酒，但席间并没有公开宣称自己想当这个厂长，而只是不无关心地说出一个秘密：最近检查身体，王副厂长好像出了点问题。你们几个观察一下就行。保密啊，保密。

席散了，但大家的心思还在。王厂长得了什么病呢？

于是乎，各种观察秘密进行。

李科长发现王厂长明显消瘦，于是关心地问王福：您血糖没事吧？王福说：没事啊。李科长眨眨眼说：唉，没事就好。看您明显见瘦，注意身体啊。

张科长注意到王厂长手掌发红，就忍不住问王福：您血脂正常吧？王福说：正常啊。张科长耸耸肩说：嗨，正常就好。看您掌上潮红，不要大意啊。

赵科长看见王厂长偶有干咳现象，就赶紧问王福：您肺功能可以吧？王福说：可以啊。赵科长挤挤眼说：嘿，可以就好。看您老是咳嗽，多加保重啊。

钱科长瞧见王厂长上楼有时气喘，禁不住问王福：您心脏功能还好吧？王福说：还好啊。钱科长努努嘴说：嗯，还好就行，还好就行。看您气力不足，需要保养啦。

几个科长莫名其妙的话让一向内向的王福多了心思：我这是怎么啦？难道，难道是真有什么病了么？前些天，院长还跟我说，除了有些缺钙，一切都正常啊。难道是院长有事瞒着我？还是科长们听到什么了？

王福越想越严重，刚开始，还偶尔到医院了解一下情况。医生说没事。院长拍着胸脯说没事。可他们越是这样说，王福心里就越没底。一个月过去，干脆不能正常上班了。又一个月过去，王福只好告病在家，休养起来了。

半年后，厂领导班子调整，孙仁走马上任丝网厂厂长。

王福没有被免职。半年后，身心恢复了，平心静气地又来到厂里上班，不过是在孙仁的领导下主管生产。工作还是那样认真，那样努力，那样严谨，那样踏实。他的工作精神和能力深得下属认可。同事们也都乐意抬轿子，王福工作胜任愉快。

孙仁呢，对王福好像比做同事时更好，很多事情都听他的建议和意见。王福心情不错，似乎性格也开朗了很多。

半年后的一天，全厂检查身体，王福全项通过，无一异常，跟去年检查结果相同。

孙仁则不幸检查出肾部有一肿块，需要手术切除。

雪上加霜的是，孙仁因为经济腐败被科长举报，纪检已经介入调查。

后来呢，后来的这个王福怎么样了呢？嘿嘿，你懂的！

考察

部里让考察推荐一名副处长，处长张昭瞄上了年轻的科长李淼。考察半年后，张处长摇摇头，否了。

作为副处长，我百思不得其解。我观察着，李淼很优秀。思想积极，工作上进，站起来能讲，坐下来能写，走下去能干，怎么看，都应该是干部中的英才，少数人才中的少数，怎么就不行呢？

张处长苦笑一下，叹口气说：你只知其一，不知其二。考察一个人，看表面，又要看实质。

我说：愿闻其详。

张处长娓娓道来，让我吃惊不小。

他说：其实对于李淼，我是花了很多心思的。也用了很多非常的手段进行了考察，考察结果，不合格。

一是李淼大学毕业，受过严格的学术训练和道统教育。我问他怎么看待孟子所说的大丈夫精神。你猜他怎么说？他说其实那也就是说说而已，没有几个人能够做得到。是非不明，这项考核他得了零分。

二是李淼口才极好，有一次因为一个问题我和他意见不太一致，我知道他是对的，我多么希望他能够坚持己见，直抒胸臆啊！但是他没有。有理不能力争，这项考核他没能及格。

三是李淼知识面还是很广的，但是有一次因为工程规划方面需要他出谋划策，拿出意见，但是他空有知识，并无见识，始终也没有说出一个子丑卯酉，最后还是一位科员拿出了对策。有知无识，这项考核他没有过关。

四是李淼看着五大三粗，实际胆小如鼠。有一次我故意告诉他说工程设计上好像有些技术失误，他急忙一推六二五，说是张三李四王二麻子设计的图纸，他那时正拉肚子浑身战栗发高烧在家休整。没有担当，这项考核他吃了败仗。

五是李淼酒量还可以，有一次我灌他喝酒，平时有些唯唯诺诺的他，半斤酒下肚，就原形毕露了。在处里他喊我张处，半斤酒后，就开始撸袖子攥拳头。六两酒后，就一脚踏着椅子，一脚跺着地喊，老张，你给我干了！酒后乱性，这项考核他得了负分。

六是李淼负责设计科工作，加班加点是常事，因此他们科平时加班费比其他科室多。作为一科之长，责任大，操心多，多拿一些也是说得过去的。但是每次跟他商量加班费分配时，我都故意多给他一些。他从来没有推辞的意思。利益面前总伸手，这项考核他弱点尽显。

七是李淼看着是个能让人放心信任的人，但几次交给他办的事情他都没有尽心完成。你记得上个月那个市政工程图纸设计的事吧？他本来答应得挺好，但终因患得患失事情一拖再拖，最后这项任务被一个不知名的研究所拿了去，我们损失了上千万。言而无信，这项考核他分厘未得。

我听得是目瞪口呆。急忙问这种考察是什么路数？

张处长深吸一口烟，缓缓地说：问之以是非而观其志，穷之以辞辩而观其变，咨之以计谋而观其识，告之以猖难而观其勇，醉之以酒而观其性，临之以利而观其廉，期之以事而观其信。诸葛亮高人，高人啊！

可惜了

师范学校毕业后，小宫做了几年教师后改口儿到农林局当科员。小鲍做了几年教师后弃笔从戎去做了警察。小季做了几年教师后出口儿去了商业局。小丁学习成绩最好人也最聪明但一直踏踏实实地做教师。几十年过去，四个人发展大不相同。

到农林局去的小宫不得了。因为上个世纪 80 年代初期中师毕业生还属于稀缺资源，小宫虽然语文学得不咋样，"的、地、得"似乎也分不太清楚，但文化水平在局里那也是数一数二的，很快就当了科长、副局长、局长。你再看小宫同志，天天车接车送，日日迎来送往，十分体面，十分风光。宫局家里亲戚也沾了不少光，大舅子、小姨子都到农林局吃空饷，拿一份工资。连情妇小倩的哥哥都安排进到局里做了保安。对此，局内外的人都心知肚明，只是不说而已。

到公安局去的小鲍托门子进了公安局，当时打点了不少，后来发达了。他先是到偏远的一个镇派出所当普通警察，因为一次抓逃犯立功，被调到县公安局城关派出所。先是做警察，后做副所长，又在所长上调县局后被提任所长。当了所长后的小鲍一改以前低调做事的作风，开始注重自我宣传，自我表扬，一招一式，有模有样，深得局里领导赏识。没出两年，调任县局刑侦科科长。一次出警时被歹徒打伤，立了二等功一次。由此，被提任县公安局副局长。当了副局长的小鲍春风得意，大宴宾客，连过去被打击过的黑社会混混们都提着礼品现金来给他祝贺。小鲍那天喝得在桌上不动地儿就直播了，喷了局长一身。后来凡是有酒场，只要鲍副局长在，局长肯定不会挨着他坐，也绝对不会坐他的对面。但大伙知道，他和局长是一对铁哥们。

到商业局去的小季为人厚道，做了几年商业，净挨人家骗。有一次合同订立时一疏忽，差点没把孩子老婆搭进去。领导也是看他老实，就让他到办公室做了秘书。做秘书，小季勤勤恳恳、任劳任怨，主任让上东上东，主任让上西上西，颇得领导信任。办公室主任被提任商业局副局长后，小季同志自然而然地坐上了办公室主任的宝座，加上能够妙笔生花，办事地道牢靠，局领导多次表扬，很快就成为局领导班子后备干部人选。副局长一退休，小季同志荣升副局长。自此，吃香的喝辣的，身体很快就发福了。原来110斤，一年后长成190斤的块头，弄得同学们当面都不敢认了。

小丁呢，就喜欢教育，喜欢孩子。几次可以改口到教育以外的部门去，他偏就不去。小丁真人才也。由于管班有法，教课有方，研究有成果，小丁很快晋升中级、高级教师职称。他年年获得教学奖励，班级连续被评为市优秀班集体，他自己连续被评为市优秀教师。组织部门计划培养他做行政工作，但是他坚持不肯。不出几年，小丁成为市拔尖人才，并且获得津贴奖励。成为拔尖人才后，小丁更加低调，更加认真，更加勤奋，更加努力，更加出色。谁当面恭维他，他都谦虚地说，一介园丁而已。

对于小丁始终拒不出仕，大家都不理解，都觉得遗憾。尤其是小宫、小鲍、小季谈起此事都摇摇头：唉，可惜了。

但是，几年后小丁听同学说，小宫因为以权谋私被立案调查，小鲍上司行贿受贿他被牵连其中遭免职，小季在任上贪污巨款并巨额财产来源不明被判刑。

听到这些不幸的消息，小丁摇摇头：唉，可惜了！

老海

我、老海、彪子一上午忙乎得饿了，想赶紧找个地方垫吧垫吧。

沿街走了很长一段路，好不容易找到一个包子铺。三个人刚一落座，小老板就迎上来，人很热情。

点上一斤半包子，要上 3 个小菜，外加 3 碗小米粥，这就是中午的食谱了，是简单而又实惠。

没想到，又遇上一份福利。

包子刚端上来，来了一男一女两个年轻人。男的长得像流氓兔，形容猥琐，流里流气，打扮怪异，放荡不羁。女的长得像某个歌星，穿的短露透，该肥肥该瘦瘦，一身酸软，万种风情，让坐在他们对面的人不忍直视，让坐在他们后面的人尴尬着不好留也不好走。

可这对情侣偏偏就坐到了我们三个人桌子的对面。

坐在对面不要紧，他们偏偏又不大规矩，我看得眼睛有些睁不开了。

动作太大了。

眼睛在游走，双舌在游走，四只手在游走，好像身体也在游走。

直播一直持续。

这福利给的!

再看彪子，看得眼神直了，舌头直了，脖子直了，夹着包子的右手也直了。

我赶紧咳嗽一声。彪子没有反应。

我使劲咳嗽一声，彪子才缓过劲来，冲我做个鬼脸。

再看老海，偶尔看看对面，只是平静地吃着包子，喝着稀饭，慢吞吞地夹着小菜。

我还真有些佩服。

我们几个饭都吃完了，那对情侣仍然旁若无人地继续着。

老海目不斜视地第一个走出包子铺，彪子恋恋不舍一步三回头地走出包子铺，我心情复杂地跟着他们也离开了包子铺。

出租车来了。

上了车，彪子仍然处于亢奋状态中。就听他嘟囔着说：这么着急干啥玩意？看会西洋片多好？

老海嘿嘿笑着说：瞅瞅你那出息。有嘛看的？

彪子回敬道：难道你就没有心动没有反应没有感觉没有……

老海平静地说：心动？哼，什么我没有见过？告诉你彪子，一个人最难能可贵的是在任何诱惑面前都能身不动膀不摇心不乱，都能顶天立地斩钉截铁地说声我不。

我简直佩服得五体投地！

这时，老海突然喊了一声：师傅，快停车！

我问：怎么啦？

老海喘着粗气红着脸大叫道：我的包啊，我的包和手机落到铺子里啦！

老林和小林

老林和小林不是哥俩儿，也不是爷俩儿，两个人血缘上一毛钱的关系也没有。他们两个是邻居。

老林是个能人。怎么说是能人？老林出生在西北的农村，父亲是个靠小生意维持生活的小老板，但很重视儿子的教育。老林从小聪明伶俐，智力超群，小学、初中、高中学习成绩在任何一个班里都是名列第一，感冒发烧几天不上学也考不了第二，同学们羡慕嫉妒恨，暗地里使劲追使劲赶使劲超最终也没戏。老林高考时以县里理工科第一的成绩考入京城的一所知名大学，4 年后以优异的成绩毕业来到省城一家中型国有建筑公司参加工作。

参加工作后，搞设计，画图纸，跑现场，做监理，指挥施工，管理施工队伍，老林样样做得十分出色，表现出非凡的协调、组织和管理能力。加上性情很好，很快得到领导赏识，10 年后荣升公司总经理。

当上总经理后，林总忙得不可开交，里里外外，前前后后，上上下下，左左右右，需要打理的打理，需要沟通的沟通，需要走动的走动，需要联络的联络，公司办得红红火火，经济效益让同行眼红。全公司 4000 多号人吃喝拉撒安排得都很周到，连谁家孩子出生、谁家孩子升学、谁家老人祝寿、谁家老人过世，林总都会让工会专职干部到家表达一下公司的心意。他的无微不至常常让公司的职工尤其是老职工感动不已。

这小林呢，却是个废人。为什么说是废人呢？原来他以前也是大学毕业。前几年分到林总的建筑公司里。刚一开始做技术员跑施工现场，但施工队队长是个火爆脾气，小林能力太差，又很粗心，工作经常出错，队长就不管三七二十一猛骂一通，小林面子上过不去，又不肯找自己的毛病，很快就抑郁了。

忽然有一天，小林提出要调离施工队到机修车间。领导就要批准的时候，他突然又提出不调了。这时候领导才发现，小林出了问题。问题就出在小林跟领导的谈话上。领导问：你为什么又不调了呢？小林表情凝重地说：不能调。领导问：为什么呢？小林一本正经地解释说：您看，我在家里什么家务活也不干。我要是调到那个机修车间，师傅肯定让我做卫生。卫生做不好就得返工。一返工就得晚下班。一晚下班老婆就不高兴。老婆一不高兴就得打架。一打架两人就得离婚。一离婚就得闹上法庭。一闹上法庭社区就不稳定。社区不稳定国家就不稳定。国家不稳定就会爆发第三次世界大战。一爆发第三次世界大战你我就都得玩儿完啊。

听了这话，领导半晌闭不上嘴眨不了眼，他知道，小林这人废了。自此小林精神恍惚，渐渐地就不能正常上班了。他躲在家里，高声朗诵主席诗词，歇斯底里时就把老婆的内衣、化妆品、挎包等物品天女散花般扔下楼去。看着邻居林总整天上楼下楼忙得不亦乐乎，心里很纳闷：老林这个胖胖的家伙在忙些什么呢？有时不免扒着门缝大喝一声：林总，搞什么名堂？老林知道小林的状况，往往苦笑一声，但从不计较。

小林爱扔东西，但有一件东西舍不得扔，那是一件不知从什么地方淘换来的旧式警服。他脑子略微清醒时就套在身上，耀武扬威地到附近的街道上像模像样煞有介事地指挥一下交通。大家看到了，一乐了事。

但有一天，小林指挥交通时还是出了事。原来，附近的道上不知什么原因塞了车。几辆大车挡住了一溜小车的去路。小林穿着旧警服来到一辆大车前面向司机比画着倒车，司机见状忙发动车子倒车，咣当！后面的小车前部被撞得面目全非。小林一看，大事不好，趁机溜之乎也。小车司机是当地人认识小林，怒不可遏地下车质问大车司机：没事倒什么车你？大车司机也很无辜：你什么你？刚才那警察让我倒的！小车司机哭笑不得：什么他妈警察，他是个神经病！大车司机哭了：我哪里知道？

日子还这么过着，老林依旧忙着，小林依旧闲着。

又过了两年，公司里发生了一件比9.13还令人震惊的事情：老林因为行贿受贿被带走调查。大伙说，这家伙隐藏得够深。

小林看不到邻居老林，生活中好像缺了点什么，百无聊赖时也会穿着那身旧警服来到街上过把瘾。不过司机和行人好像也不大听他指挥了。大伙说，这家伙也真可怜。

老于的钱包

老实巴交的老于钱包丢了，他似乎很着急。

我问：里面有多少钱？

他说：没有多少钱，但里面有一张汇款单据，很重要。

我说：那就不着急了。

他说：怎么不着急？你不懂。

悄悄地，我散出风去，说谁捡到钱包，我这有赏。

结果一个月后，我收到三个钱包。

核对一下，两个不是。但第三个可能是。

怎么知道那就是老于的钱包呢？理由有三：

一是里面有二十多元钱，老于在家是妻管严，只有捡废品换来的钱他才能自作主张自己消费，工资卡、奖金卡、公积金卡一律握在他老婆手里。所有的卡他连密码都不知道。从钱的数目上判断，这钱包应是非他莫属。

二是老于视他的女儿为掌上明珠，这里面有他女儿娟娟小时候梳小辫儿的一张照片。照片虽然已经发黄，但是他的女儿确定无疑。

三是里面有一张汇款单，上面有汇款人的姓名：于大伟。是他的名字！他的汇款单据不可能放到别人的钱包里。

但是，里面有一个物件吸引了我：一张美女的照片。

我看那美女扶着栏杆，红红的脸蛋，乌黑的发辫，长长的睫毛，深邃的眼神，苗条的身材，碎花点缀着的白色连衣裙，藕段般白皙的手臂……怎一个美字了得啊！

我猜想着：这家伙，看着老实巴交，闹了半天金屋藏娇，老牛吃嫩草，做得如此隐秘，一切静悄悄。

不行，得敲他一笔，至少让他请我吃顿大餐，还得让他老实坦白是怎么把这尤物搞到手的。

于是，我开始了揭秘活动。

我先是暗示他钱包可能已经找到了。

老于听后似乎很兴奋。

我接着出示了他女儿的照片。

老于脸上露出幸福的模样。

然后我拿出了他的一张汇款单据。

老于急忙把单据抢到手里，嘱咐我：千万别告诉娟娟妈。这已经是十多年的秘密了。

妈呀，蔫巴人净干蔫巴事。十几年了，愣没有暴露。

最后，我拿出了那位姑娘的照片：如实坦白吧！

老于赶紧把照片捏在手里，生怕别人抢走似的。突然，他眼睛直视前方，然后缓缓地非常痛苦地蹲到地上，一只粗糙的手划拉着已早早地稀疏了的头发，喃喃自语道：可怜的孩子啊。

刚才还很兴奋的我见此情景也手足无措起来，不禁低声问了一句：这是怎么回事？

老于痛苦地说：都是因为十几年前，我，我，我在外地跑车时的一次醉驾。我永远失去了公司驾驶员的工作，而这个孩子却永远失去了双亲，永远失去了一条能够跳舞的……

老于老泪纵横着说：真是罪孽啊！

这时的我突然没有了哪怕一点点的食欲。

冷艳

省环保厅组织一个大型国有企业环保项目验收，专家们陆续抵达华耀宾馆报到处。

退休的省环保厅原厅长——胖胖的张琪老先生到了。花白的头发一闪，周围就一阵骚动。老领导人缘不错。我挥手向张厅示敬，老爷子笑呵呵地举手答谢。

省环保厅原技术总工李工也来了。六十多岁的年龄，看上去也就是五十多岁。人稍瘦，一身得体的黑色西服更显精神。白白净净，金丝眼镜架在笔挺的鼻梁上，更显得书生气十足。李工爱开玩笑，他一露头，笑声就不断地在大厅里回荡。

哎，这个是谁？

大门处走来一位女士，这女士看上去也就 40 岁左右，淡淡浅妆，发髻盘起，一袭黑衣，关键是颈上一条米黄色丝巾十分扎眼。

她走到报到处，一声不吭，站直，签字，领资料，然后拉着棕色的小旅行箱径直进了电梯，人倏地不见了。

冷艳！这是我对这个女专家的第一印象。当然她也成了我此后一个亟待解开的谜。

第二天上午 8：00，专家组对企业实地检查。谜也去了。她衣服没有换，头上多了一顶安全帽，但是丝巾还在，挺扎眼。

上午 10：00，专家们到会议室听取企业环保部门汇报，并对环保工作提出专业验收意见。巧的是，我坐到了谜的身边。

仔细观察，谜可真冷艳啊。

听汇报时，她目不斜视，腰肢挺拔。做记录时，依然专注，依然挺拔。眉头轻皱，眼睛清澈，长长的睫毛好美！听汇报一个多小时，我没见她笑一下，哪怕是微笑一下，苦笑一下，嘲笑一下，哂笑一下也行，没有！

太冷艳了。

环保部门汇报完毕。

谜第一个发言。

好家伙，我被彻底惊到了。她专业之精熟，数字之确切，观察之细致，建议之精到，意见之中肯，语言之干净，表述之清楚不但惊到了我，也惊到了那帮老爷子。我观察到那个张厅和李工厚厚的嘴唇和薄薄的嘴唇长时间都没有合上。

谜发言完毕，我悄声说了句：佩服！

谜好像没有听到一样，头不动，身不动，估计心也不会动。

讨论结束，表态发言，企业环保项目顺利通过。大家热烈鼓掌。谜也鼓了掌，脸上仍然没有一丝笑容。

会散了。令我想不到的是，这时谜慢慢转身看看我说：谢谢你的鼓励！我知道你是环保方面的省级专家。留个电话和微信吧，我们专业上也好有个交流。

我有点手足无措，竟然结结巴巴地说了句：真……真没想到。

咯咯咯咯，谜发出银铃般的笑声。她说：你是说没想到我这样一个冷艳的女人怎么会要别人的电话和微信？

我……

呵呵，我猜想你大概一直在观察我，你可能纳闷这女人为什么如此冷艳？其实我是一个很外向的人。是这两天颈椎毛病犯了。不能低头，不能转头，不能屈身，不能转身，痛苦不堪。医生建议我脖子上套个围巾，以防邪风外侵……

我红着脸说：真没想到是这样……真没想到是这样。

看着我窘迫的样子，谜笑得更开心了。

这时，一个年轻的姑娘走过来，激动地高声喊着：冷艳姐，你真来啦？

啊？！

李老歪

邻居李大爷今年 99 岁，按照农村人的说法，是个百岁老人了。其实在农村，老人家到了这个岁数，你年年问，他年年说 99 岁，就是不说 100 岁，因为百岁总是和老刺猬联系在一起，老人们和家人都比较忌讳。

百岁寿星李大爷在我们这个地方可是个人物。他是老寿星，偏偏耳不聋眼不花，吃起崩豆咔咔咔，走起路来刷刷刷，讲起笑话哈哈哈，说起书来叽叽叽。

服了。不但六七十岁的人服，连二三十岁的小伙子们都服。

李大爷特别逗，人送外号李老歪。

他歪点子、歪主意特别多，常常弄得周围的人不好意思。这歪是打哪儿学来的？他说自己苦大仇深浪迹江湖，一切都是旧社会的烙印。

李大爷要过饭。他说要饭要到天津卫，要到清陵大盗孙殿英孙大麻子的门上。孙殿英曾任南京国民政府第六军团长。1928 年以军事演习为名，炸开清东陵，将乾隆和慈禧陵墓盗掘一空。虽然被蒋介石追责，也散出不少珠宝，还是发了一笔不大也不小的财。1930 年在天津五大道建了一座三层带地下室的小洋楼。李大爷去孙府讨饭时，想着要是看得不紧，就偷个狗日的，顺便弄个夜明珠什么的也未可知，但他哪里知道那时夜明珠早不知去向了。李大爷说他讨饭那天是个下午，孙府门外只有两个士兵把岗。出来进去的人也不多，大概都知道这家伙发财发的不是地方，所以跟他家走动联络的人少之又少。

李老汉要饭有一套。他不吆喝，也不乞求，只是站在孙府门口外正中间处，低头不语，双腿并拢，眼睛不转，大气不喘，两肩平端，脸色发暗，不知道的还以为是在表达哀思深切怀念。但他手里拿着一个白底黑字的小牌牌儿，上边用篆书写着：请赏钱！过路的人看了，莞尔一笑，孙府的人见了觉得晦气，赶紧拿块银圆打发了事。但李老汉接了银圆似乎不太领情，嘟囔句：夜明珠呢？孙府的人一听脸色大变，低吼一声：快滚，不然放狗出来！李老汉一听，狗要出来，赶紧走掉，绝不惹那麻烦！

李老汉学过说书。口才十分了得，记忆也十分了得。他的身边常常聚集一帮孩子，有七八岁的，十几岁的。孩子们都爱听他说书，他说得确实也好，有板有眼有节奏有意思。但是作为教师，我想知道他过去都是在哪儿说书，说书的时候都怎么引起大家的注意和兴趣。

李老汉说：嗨，那个时候的艺人生活很苦，总是受人白眼，挨人欺负，遭人打骂。不过我也有自己的办法。

我问：有什么办法呢？

李老汉说：我那时就在北京天桥一带说书，拣个人多的地方，大锣一敲，引来一拨人。人好不容易引过来了就不能让他们跑了，为了把这拨人拢住，我就说：各位老少爷们，在下要出关外，盘缠被偷。小子无奈，只好立此书场赚个饭钱。各位大爷有钱的捧个钱场，没钱的捧个人场。可是大家注意啦，咱们这一拨人里面可有一个这个，懂么？我一边说着，一边用手指勾着做个王八状。看着啊，这家伙一会儿就走。他要走，大家都不要去拦。为啥？因为他的娘子正在跟小白脸在家里床上厮混着呢……我这么一说，你想啊，谁还好意思再走，几十只眼睛都盯着呢！

我呵呵笑着说：这倒真有点意思。

李大爷一听这话，不禁紧蹙眉头：唉，你还说有意思？苦哇！

我忙问：怎么啦，李大爷？

李大爷刀刻般的脸颊抽动了一下，眼睛看着远方，像是在努力唤回又在回避着那远去的家事：一言难尽啊！70 年前你大娘趁着我出外说书的当口，卷着家里的钱财跟一个小白脸私奔啦！

另有门道儿

毕武老师又发文章了。

大伙很羡慕。

文学院考核方案中对老师在各个级别刊物上发表文章都是有说法的。在上个世纪 80 年代末，一般的院校还没有严格意义上的业绩考核，但学院的李院长是个新锐人物，对业绩考核如何引导教师在研究方面争先创优已经有了思考。学院规定文章发表在地市级刊物上考核分每篇记 10 分，发表在省市级刊物上记 20 分，发表在国家级刊物上的记 30 分，每分奖励 5 元。在那个时期，工资只有二三百元，这个奖励是十分诱人的。

毕武老师偏偏总发文章，这让我们几个羡慕嫉妒恨啊。

我就一直纳闷，毕武老师就是一个二本院校中文专业毕业的，而且高考是考了三次才勉强上线的。他的文笔在我的同事中属于一般般的水平。学历不出众，文字不出众，但是发表文章出众，这让我和同事们百思不得其解。

毕武老师发表文章的频率太高了。刚一开始是每月一篇，好家伙，几年以后是每月若干篇了。连院长都大皱眉头，因为他知道，照他这么写下去，院里的科研经费就都归了小毕啦！

毕武老师好像没有要收手的意思。稿子照投照发，稿费照拿，奖励照拿，羞得我们几个恨不能有个地缝儿钻进去。

后来，毕老师因为做个项目赚了一笔钱当了教育的叛徒扔下教鞭下海当老板去了。

我们几个却仍然在学院里勤奋耕耘，二十几年下来，从青年到中年，每个人也都取得了一定的工作业绩。

有一天，毕武老师，不，毕董事长招呼我们几个多年没有见面的原同事们吃饭，我也被邀参加。

毕武发福了，原来脸上的褶子没了，过去弓着的腰好像直了很多，说话声音也洪亮了不少。他一进屋，就大声吆喝着叫我们的名字，我很佩服他的记忆力。

毕武叫过服务员，说你这么这么着，服务员频频点头退下。

过一会儿，服务员端来一个大蛋糕，上边插着五根蜡烛，他站起身，举起杯，高声说：同事们，久违了，今日幸会，恰逢鹏老弟 50 岁生日，我们恭祝他生日快乐！

大家不禁一愣，我也一愣，妈呀，他怎么记得我的生日？

我感动不已，赶紧表示感谢，大家也一饮而尽！

我纳闷儿：他是怎么知道我的生日的？

毕武知道我的疑惑，呵呵笑着，掏出一个小笔记本，我们发现，那上边记录着院里所有人的基本情况包括生日、住址、爱好等。

我很感动，原来他是个有心人。

笔记本上还详细记录着各个报纸杂志主编副主编以及编辑的姓名等。

我很好奇，问毕武说：你记这个干什么？

他嘿嘿笑着说：这也是一段有意思的历史。在学院里我发了很多篇文章，你们一定想知道凭什么？现在我已经离开学院多年，可以来个自我曝光揭秘。想不想听？

当然想听。我们都很期待。

他说：做什么都需要研究、琢磨。我是个爱琢磨门道的人。你想啊，我一个普普通通的老师又没有社会人脉，也没有三头六臂，在遭遇报纸杂志大量退稿之后想了一个办法。那时投稿不能从网上投稿，只能走信件。这样我就有了门道儿。你们猜出是什么门道儿了么？

大伙摇摇头。

他哈哈大笑着说：你们呐，思维整整落后 20 年。告诉你们，稿件总有一位编辑是首接的，每当他或她拆开信件后，看到除了一篇稿子外，里面还有一张崭新的百元钞票的时候，会发生什么情况，你们懂了么？

天啊，这个家伙！

买下一座鬼楼

到江海市打工也有三年多了，一直租房住的海亮、河亮哥俩很郁闷。

租金倒是不多，一个月才四百多块钱。可房东老太太很讨厌，没到月头就来催交房租，好像他们哥俩天生就是来逃租似的。更讨嫌的是，那个老太太还是个碎嘴子，一进屋就说：你们两个注意啦，这个凳子不能那么放，那个桌子不能那么摆，跟你们说过多少次啦，厨房要天天清扫，抽油烟机要天天擦，阳台上不能晒这些破衣烂袜、背心裤衩，卧室里不能乱七八糟、稀里哗啦。你说烦不烦？

必须有一套自己的房子！

但是谈何容易？哥俩打工工资合起来才6000多，刨去吃喝、房租还有给家里寄去的钱就剩下4000块钱。哥俩会过，平时节省，存折里已经有十多万元。但是在江海市买一套房子恐怕还差着不少。

海亮对弟弟说：你踅摸着点，看看有没有便宜点的房子，有的话，咱就买下。

河亮是个心思细密的人。每天去工地上班的路上，都四处打探，看广告上有没有合适的，中介那里有没有中意的，一连3个月也没有个眉目。

终于，老天不负有心人，有一天，他还是等来了机会。

老街那里贴出了广告：一处两层小楼共300平方米才卖15万元。河亮听说赶紧扑了过去。这是个老式的砖混结构的老房子，墙皮已经脱落，一副破败的样子，但不管怎么讲，是一座单门独院的小楼，按照市价，应该在60万左右。为什么卖这么便宜呢？

河亮心里直敲小鼓：别是有什么毛病吧？

他猜对了。

房主说：实话告诉你。我已经是这个房子的第四任主人了。这是座鬼楼，每到半夜 12：00，房子里就有动静。已经吓跑三任主人了，我也扛不住了。你要买的话，得有这个思想准备。我不想坑你，所以才告诉你实话。

妈呀，河亮一听头皮发炸。

可他转念一想，什么鬼啊神的，我他妈天生就不信邪。所以他迅速联系哥哥。海亮一听这个情况，说不信那个邪，谈谈价，14 万以下就可成交，钱不够，我想办法。

于是，一切如愿。房子的主人急于抛房，哥俩急于买房。一拍即成，鬼楼轻而易举地就到手了！

哥俩如愿以偿地搬进了新居。可接下来，哥俩也犯了嘀咕：这要是真有鬼可咋办？

想起房主人说的"一到半夜就闹鬼"的话，哥俩心头一阵紧似一阵。

黑夜降临了，哥俩早早上了床，谁也没有心思睡。他们关掉灯，就等着半夜 12：00 的到来。

秋夜，外面的风哗啦啦地刮着，树叶掉落和飘起的声音都能听到。窗帘没有拉上，影影绰绰地能看到外面黑魆魆的树影、奇形怪状的楼影以及不知朝着哪个方向飘去的树叶的影子。

12：00 整。哥俩屏住呼吸，心脏似乎停止了跳动。

只听得楼内，哗啦啦啦，哗啦啦啦。哥俩不约而同地把身子蜷曲起来。这声音持续了足有一个多小时！

几乎一夜无眠。

这声音也太可怕了！第二天早晨天一亮，哥俩你看看我，我瞅瞅你，后悔啊。真是应了那句话：便宜没好货，好货不便宜啊。

但哥俩一合计，就是真有鬼，咱们也要弄清楚是他妈哪方鬼魂！如果说买楼时，是激情占了上风，哥俩此时这么想就是理性占了上风啦。

第二天夜里，哥俩也是早早地睡下。不过这时每人手边多了一个电棒，一条棍子。他们要看一看这厉鬼长得什么样，如果厉鬼敢于扑过来，就跟他拼个你死我活。

12：00 整。那个恐怖的声音又传了过来。哗啦啦啦，哗啦啦啦。哥俩蹑手蹑脚起床，静静一听，是从楼下传过来的。打开手电，提着棍子，哥俩走下楼梯。到了一楼，声音更大。仔细听上去，是从卫生间里传过来的。再仔细一听，是从下水道的管道里传过来的。而下水道的管道直接通向楼外。

哥俩顺着管道走到后院。管道通向污水井。井上盖着一个厚厚的水泥盖。难不成这厉鬼就在这井里？哥俩头发都竖了起来

胆大些的海亮说，来，咱把这个井盖掀开。

哥俩费了九牛二虎之力把井盖掀开。掀开井盖的一刹那，海亮、河亮哥俩几乎晕厥过去，污井里边游动着六七个长着粗硬胡子的大家伙。河亮惊恐地说：妈呀，这是什么？

海亮镇静了一下情绪，仔细看了一下：恐怕就是这几个家伙搞的鬼啦。

你猜那是什么？就是我们常见的胡子鱼，也叫鲶鱼。

鲶鱼生命力极强，就是在缺氧的状态下也能生存。原来，这座鬼楼最早的住户喜欢吃鱼，买来鱼以后就把小一点的鲶鱼活着倒进下水道里。鲶鱼喜欢污水井这种环境，冬去春来，几十年过去，鲶鱼长大了。

据说，鲶鱼还有个习性，夜里比白天活跃。一到半夜，下水道里的鲶鱼就顺着下水道争先恐后往上蹿，再加夜深人静，于是就有了每天半夜"哗啦啦啦，哗啦啦啦"瘆人的声音。

鲶鱼捞上来，最大的那条上秤一称，哥俩又差点晕厥过去：31斤！

谜

我小的时候村里来了一家人。这家人的生活在我的孩童时代一直是个想解开的谜。

听说这家人来自东北，爷三个都生得五大三粗，我们几个小伙伴见着这几个陌生人都躲得老远。怕什么？说实话是怕被他们捉去运到东北给卖了，再也找不到家，找不到爸，找不到妈。

这家人看着倒是挺老实的，可小小的我还是对他们一家存有戒心。小孩子看世界的眼光是敏感和独特的，大概一切以安全为转移。当然小孩子的看法有时也是幼稚可笑的。

东北一家人很能干，因为身上不缺力气。老牧是个好猎户。养一条细狗，也不知从哪里抓来一只鹰，花了好多天细心地熬啊熬，桀骜不驯的老鹰见了老牧竟没了丁点儿的脾气。老牧一出屋，细狗前窜后跳，老鹰落在老牧皮套袖上虎视眈眈地望着远方。每天早上老牧一开门，早早聚在门外的我们几个娃娃赶紧退向一边。只见狗的眼睛红红的，老鹰的眼睛红红的，老牧的眼睛也是红红的。他们个个透出一股杀气。每次见到他们我浑身直打冷战。那时老牧也会夜里出门，打来的猎物好像什么都有，家里从不缺肉吃，村里人特别是我们这些娃娃们羡慕得很。

老牧的大儿子牧杨是个赶车的好把式。好到什么程度？大人们说，他赶车主要是会调教牲口，能够把中间驾辕的那匹红骡子调教得听得懂人话。每次出发前，只见牧杨跟牲口耳语一番，然后跨上大车，倒头便睡。随车去的人一路胆战心惊，但牧杨放心大睡，一觉醒来，集市到了。随车来的人各自去忙着购置需要的东西，牧杨则大摇大摆地牵车往巷子里的草市场走去。车上装着青草，青草卖掉能够给生产队换回十几块钱。几天一个集，牧杨集集不落，他给队里赚了不少钱，因此成了社员眼里的功臣。在我们这些娃娃眼里他简直就是个英雄。

老牧的二儿子牧青脾气直，性子急，爱打抱不平，生产队长信得过，就让他看青。看青在农村是个轻巧活，一般是由苦大仇深、根红苗正、老弱病残的人担任，牧青能够被派去看青，纯粹是个例外。牧青每天挑着一副筐子，见着牛粪马粪狗粪就往筐里拾掇，走到生产队的地里就尽数倒出去，真是出了自己的力，肥了公家的田。村民见了，无不感动。逐渐地，牧青得到所有村民的信任。每天傍晚，牧青总是挑着满满两筐青草回到家，村民确信他也会把青草攒起来交给生产队卖掉换钱。我们几个伙伴把他看成活雷锋。

在外工作几十年后回到家乡自然想到小时候的人和事。我第一个想到的就是老牧一家。老牧现在已经是80岁的耄耋老人，他的两个儿子也已是六十多岁的人了。在村口我一眼看见老牧就急忙喊声爷爷，老爷子细细打量着我。老爷子老啦，但猎人的眼神还是那样深邃锐利，似乎能够穿越时空，好像能看透我的心思。当我谈起我一直以来想解开的谜时，老爷子眯起眼睛说了一段我现在都不敢相信的话：

其实，都是生活逼的。那时生活难啊！我虽是个猎人，但在平原上几天也打不着一只兔子。只好夜里带着狗到处转悠，狗的鼻子灵啊，它知道哪里有荤腥。遇到人家病死的猪啊羊啊狗啊猫啊悄悄埋了的我就悄悄给扒出来回家宰了炖了吃，所以家里才总是有肉吃。老大出去卖草，不怕你笑话，每个集市都会从卖草的款里克扣几毛钱，这样家里才有点零花钱过得比别人富裕些。另外老二看青假积极，看着给生产队的庄稼拾粪，其实每天傍晚回家挑着两筐草里有乾坤，那里藏着半筐偷来的粮食啊！不然靠生产队一年分的那几十斤粮食我们一家三个大老爷们就只能去喝西北风啦！

天啊！

面子

刘老汉在村里抬不起头来。

为啥？还能为啥？还不是因为两个儿子结了婚都没生个男娃，他走到哪，村里人就明里暗里指指划划：牛气个啥？有本事你给我们生个男娃！

刘老汉的大儿子大民有点本事，早年他在山里转悠一圈，觉得那个地方好像有点与其他地方不一样的气象。仔细一瞧，根草不长，石头颜色有点个别，所以就悄悄地找来一个地质专家给看了看。专家说这鸡婆山有金矿的矿藏，而且储量可观。大民很大方，一万块钱甩给了专家，让其一定保密。然后到村里找支书承包下了鸡婆山。村里人一听大民承包了兔子都不来屙屎的鸡婆山，都以为他脑子进了水。没想到，3年下来，金矿开采成功，大民发了！

大民虽然赚了几千万，但媳妇不给力，生了一个女娃后，患上了非常严重的妇科病，重要的部件给做了切除。大民很伤悲，老婆很伤心，老爷子很上火。刘老汉天天坐在村口，看着打闹嬉笑的男娃们从自己的眼前经过，回到家不干别的就用拐棍戳着地没鼻子带脸地红口白牙地大呼小叫地骂。大民只是唉声叹气没办法。

二儿子二民在外地打工，挣了一点钱。回乡盖了一套瓦房娶了媳妇。小媳妇人长得精，心眼也精，各种事情处理得很得体，很是讨公婆喜欢。这儿媳妇叫小丽，是四川人，也是打工来的。是经表哥介绍给二民的。小两口结婚不到一年，二民的女儿就诞生了。孩子出生本来是个喜事，但刘老汉的脸像北京十一月份的雾霾一样难看。又是个丫头！他一生气拐棍就举起来了，好像要准备打人的样子。大伙都不敢惹他，见了都躲得远远的。

也是黄鼠狼单咬病鸭子。二民生活过得不容易，在一次施工作业时受了重伤，经过抢救才捡回一条性命，自此身体虚弱下来。但刘老汉不依不饶，知道大民不能生了，就把生孙子的任务交给了二民，因为在刘老汉看来，面子比生命重要。

为了落实任务，加快进度，老爷子亲自召集家庭会议。大民和媳妇，二民和媳妇都必须到会。刘老汉用拐棍戳着地就一句话：这事怎么办吧？

大民媳妇歉疚地看看大民，大民一声不吭。

二民涨红着脸看看媳妇，媳妇一言不发。

刘老汉还是那句话：这事怎么办吧？

大民一看躲不过去了，就说：爹，您知道，我们是完不成这个任务了。老二要是能够完成这个任务，我们出钱。生个儿子，给100万。

二民还是一声不吭。二民媳妇两眼放光：那大哥说话算数？

大民一口唾沫一个钉：那当然。

没等二民说话，媳妇就把他拽走了。

一年过去了，没有动静。

第二年，二民那里传来消息：媳妇怀上了！而且B超检查就是个带把儿的！

全家狂欢，大宴宾客。刘老汉扔掉了拐棍儿。

十月怀胎，孩子降生。取名永继。刘家后继有人啦！

但没有想到的是，孩子出生一个月后，二民媳妇失踪了。

走前小媳妇留下一张纸条，上面写着：

对不起，我走了。

我不能跟着二民这么一个废人过一辈子。孩子是谁的你们大概也能猜得到。看在我给你们家生过一个孙女的份上，请你们善待这个不满周岁的男孩儿。

以后我会回来办理离婚手续的，祝二民幸福，他是个好人。

保险箱里的那100万我拿走了，算是我的面子获得的补偿和你们面子应该付出的代价。

再见，祝福大家了！

对面的美女看过来

冯作家的妻子阿芬是个副处长，脾气异常火爆，整天颐使气指，冯作家是妇唱夫随。

一日副处长不知咋的忽有浪漫情怀，瞒着处长跟老公飞到三亚海边小憩，于是就有了今天这题目。

海滨浴场里，乐曲《对面的女孩看过来》悦耳悠扬，身着泳衣的游客们熙熙攘攘，男来女往。看远处都是海浪，看近处不由心慌，衣食男女，都属正常。

远处，一个着比基尼的绝色美女身材修长，乌发飘飘，把个冯作家看得呆了，有些近视的阿芬没戴眼镜看不清楚，显然有些怒意。

可冯作家依旧在看。

阿芬故意咳嗽一声，冯作家的双眼仍然死死地"钉"在那个美女身上。

阿芬没了耐性，用胳膊肘捣了冯作家肩膀一下，冯作家才很不情愿地回过神来。

阿芬故意问：看啥呢？

冯作家答：没看啥。

阿芬有些愤愤：没看啥？没看啥还那么专注？

冯作家：我看远处的船帆。

阿芬更加愤怒：船帆？哼哼，真的么？

冯作家：真的。

阿芬怒不可遏：你们这些作家啊，整天诌故事编瞎话，哪有好人？

冯作家也有些愤愤：怎么没好人？

阿芬：自己说是真、善、美，其实都是假、恶、丑。

冯作家平静下来：也不尽然吧。

阿芬火了：什么也不尽然？说到你的痛处了吧？

冯作家依然很平静：没有痛处。失去监督，你也如此。

阿芬：我？我怎么能跟你们这伙人一个样子？笑话！

冯作家好像更平静：拭目以待。

这时，阿芬的电话响了。阿芬接通电话：我是。是处长啊。我，我，是没在单位。我家里有点急事需要处理，走得急没来得及请假。对对，我回去再跟您汇报啊。什么，您在老家？统计报表明早报省里？好的，好的。我今天就回去，您放心。谢谢，谢谢！

阿芬撂下电话，红着脸看了冯作家一眼。

冯作家慢悠悠地说：其实一个谢谢就足够了。

阿芬狠狠地剜了他一眼。

这时，冯作家把阿芬的眼镜递过去，用手指着远处的那位美女，不怀好意地说：你仔细看看，那是谁？

阿芬定睛一瞧，惊讶地脱口而出：处长！

黄雀在此

三位同乡晚间私人聚会。

聚会由秦处长召集操持。参加聚会的一个是市发改委张主任，一个是市教育局祖局长。他们都是同一个村里上学、同一个村里劳动、同一个村里参加高考、同一个村里走出来的大学毕业生。

二十多年没见面啦。见了面少不得一通乱捶乱打，嬉笑怒骂。

大家喝起来都很豪爽，因为是私宴，都放松开来，喝着喝着就都有些高了，说话也就随便起来。追昔抚今，心潮澎湃，说着说着就提到了儿时一些有些不可思议的事儿。

秦处长断断续续回忆说：上个世纪60年代末至70年代初，是一段非常特殊的岁月。那时工人不做工，农民不种田，学生不上学，要吃没吃，要穿没穿。当时我们家6口人，我们哥四个都是壮劳力，干一年，分不了几斤粮食，还得倒找生产队30块钱。仓廪实而知礼节，衣食足而知荣辱。饿得饥肠辘辘，没办法，只好趁着给生产队养鱼池割草的时候铤而走险，到外村生产队的地里半车半车地偷玉米、偷谷子、偷高粱、偷小麦、偷红薯、偷萝卜，这样才勉强度过了那个艰难的岁月。那时，别说人吃不饱，牲口也吃不饱，就连养鱼池的鱼估计都吃不饱。有一年春天放进去2万尾鲤鱼，3年后出塘时，你猜咋着，竟然只有几千尾。那些鱼，大概也给饿死了。

张主任不好意思地说：哥哥，什么饿死了，弟弟今天向你坦白。你知道那时我们家7口人，个个饿得皮包骨。没劲去到别的村偷什么庄稼，我们因地制宜，就地取材，不是靠山吃山靠水吃水嘛，我家住在养鱼池边占了天大的便宜。我父亲从市场上买来一挂二十多米的粘网，每天晚上夜深人静的时候，我们哥几个就假装游泳把粘网放到水里，早晨天没亮，20米的粘网上边挂满了一条条边边大的鲤鱼。夏天的时候一天就弄几十条，天天吃红烧鲤鱼、清蒸鲤鱼、松鼠鲤鱼，把我们哥几个吃的个个壮壮实实。吃不了的，就拿到外村的集市上去卖，还能赚几张白花花的票子。集市一散，我们就到供销社里买点饼干槽子糕等，家里零嘴可是没断过。不过，那个时候也有一件非常奇怪的事儿，就是家里的点心老丢，为这事爸爸没少揍我们，他总认为是我们偷馋来着。

祖局长满怀歉意地说：对不起哥哥，实话告诉你，偷点心的事是我干的。我到你们家玩，眼巴巴地看着你爹你妈你们哥几个吃点心真是馋啊！我观察到你们家人出去时总是把家里的钥匙放到东房窗台的猫道里。每当你们家没人的时候，我就悄悄溜进去打开你们家的粮食柜，翻出点心吃个够。有一次吃得有些急，又找不到水，把我噎得半死。我看到柜子上边有一瓶红汽水，就喝了半瓶，没想到那是一瓶红酒，我摇摇晃晃地出了屋，连门都忘了锁就回家了。回到家二话没说躺下就睡，弄得我爸我妈以为我得了癔症，还叫来位巫婆折腾我大半天！

妈呀，不说不知道，说了才知晓。原来黄雀在此。

你靠什么吃饭

我们处年终评比获得优秀集体称号。赵青处长很高兴，表彰会一结束，就在楼道里喊上了：吴江、张帅、李军、涂乐、王一平、李一亮来我办公室。

他喊的这几个都是处里的现任科长，我李一亮也在内。

我们知道处长今天高兴，叫我们去他办公室肯定不会有什么坏事，因此一个比一个跑得快。

进了处长办公室，处长早就准备好了奖金红包。每人 500 元，大家乐呵呵地笑嘻嘻地十分激动千恩万谢地接下了。

奖金还剩 600 元，今日晚上，咱们来个大饼卷手指猪婆咬包衣——自个儿吃自个儿。六点半飞鸿酒楼聚会。不得请假啊。赵处下了命令。

这么好的事谁会不去？一下班，大家就径直奔向酒楼。

赵处很兴奋，喊着：李一亮，来来来，招呼大家坐吧，看看人来齐没有？

我数数来的人，一共 7 个：吴江——计划科科长，张帅——生产科科长，李军——设备科科长，涂乐——广告科科长，王一平——销售科科长，我——财务科科长，还有赵处，都到了。

齐了，处长。

上菜，开酒！

热气腾腾，热热闹闹，热情高涨，热闹非凡。大伙一起敬处长，然后处长单独敬大家。几杯酒过后，有的有些高了，我也晕晕乎乎了，但赵处貌似还很清醒。

我说话舌头有些发直，兴奋地掏出手机说：哎哎，处长，我们做个游戏好不好？

处长高兴地说：什么游戏？

我说：我这微信里有个游戏，把你们的名字输进去，八字一测，就知道你们每个人这辈子都靠什么吃饭啦，准得很哩。

处长好奇地说：还有这样的游戏，好，那就测一测。

我先是把吴江的名字输进去，结果是：吴江明明地靠读书吃饭。不喜欢喧嚣的你，只想静静地做个文艺青年，不要问静静是谁，先告诉我明明是谁。

处长一愣：这么准，还挺文艺。大家一阵欢呼。

张帅的名字输进去，结果是：张帅靠打工吃饭。身为一枚屌丝，辛勤劳动。身强力壮的你，为了赚钱日夜劳作，也日渐憔悴，今年一定要涨工资啊！

处长嘿嘿一笑：小伙子干得不错，明年年底给你嘉奖！张帅一激动，满满一杯酒一饮而尽。

李军的名字输进去，结果是：李军靠双手吃饭。朝九晚五的上班族，每天得努力工作，不啃亲爹，不认干爹，自己动手，丰衣足食。

处长说：果然如此，不错不错，精神可嘉！大家鼓起掌来。

涂乐，唯一的一位女士，名字输进去，结果是：涂乐靠身材吃饭。傲人的身材，性感的线条，迷倒芸芸众生，无论你走到哪里，都是最亮的星星。

处长不好表态，大家疯了一般地欢呼。加上酒精作用，涂乐的脸如红布一般。

王一平的名字输进去，结果是：王一平靠朋友吃饭。话题王，段子手，谁不爱？你是很多朋友心上最看重的人，你对朋友的帮助很是周全，看好你呦。

赵处更高兴了：哈哈，真准！没有朋友，怎么销售？

我李一亮的名字输进去，结果是：李一亮靠才华吃饭。才华横溢，魅力大爆发，你的头脑很好使，万里挑一，你的才华与生俱来。没办法，有才。

我有些不好意思。

赵处大笑起来：非常准确。

最后把赵青处长的名字输进去，结果竟然是：赵青靠脸皮厚度吃饭。天下无敌！城墙都没你脸皮厚，人们都敬畏你三分。刀枪不入，百毒不侵！生在古代的话，可以称霸武林！

屋内一片肃然。

赵处长嘿嘿一笑：脸皮不厚，怎么做工作？来来来，咱们走一个！

第二天一上班，赵处把我叫到办公室，和蔼地说：一亮，财务科管理不错，我观察，你确实有些才华。最近公司要上一个大项目，考虑一下，有个任务还是你能够胜任。你去做几个月的市场调研吧。你文笔好，每月要交给我一份调研报告，不能拖时哟！

　　我心里恨恨地想：这该死的微信！

牛装艳遇

我就是一件普通的工装。说普通也不普通，我见证了一座工厂的荣辱尊卑。

我的主人牛大大学毕业分配到这家发电厂。一段时间，这家厂牛掰得不行，主人姓牛，我也就成了牛装。

主人年轻英俊，又是大学生。搞对象时，我穿在主人身上，帮着主人见了至少十几个美眉。

美眉真美。见到的第一个妹子也是大学生，说话嗲嗲的。远远的，我都闻见了她的体香。可牛大很牛，头高昂着，胸直挺着，愣是没同意。我不由得暗暗叹气。

美眉见了一个又一个，最后见到大概是第十二个有一个叫珍的姑娘的时候，牛大突然心动了。这其实还是缘于一件意外的事故。

记得那是一个春天的晚上，我和珍姑娘陪主人到南方风情酒馆喝酒。因为天热，主人把我甩到一边，我静静地趴在一张不起眼的椅子上，忍受着寂寞。

主人喝完了酒结账的时候，一摸口袋：糟糕，忘了带钱！更糟糕的是，珍姑娘也疏忽了：也没带钱。

主人跟服务员说：对不起，我今天忘了带钱。您看，能不能赊一次账？

服务员鄙夷地说：赊账？开什么玩笑？你跟我们大堂经理说吧。

大堂经理来了，主人低三下四地说明情况，大堂经理也是满脸鄙夷和不屑：没赊过啊。跟我们总经理说吧。

好家伙，长得像加菲猫似的总经理来了，问明情况，淡淡地说：出来吃饭不带钱，处处是家啊。呵呵，您看，这里像是家么？

主人咬咬牙，很尴尬。

珍姑娘很激动，很愤慨。突然，她把我拎起来，在加菲猫眼前晃了晃，大声地说：难道我们电厂的还会赖账不成？

加菲猫突然眼前一亮，脸红得像红纸上又泼了一层红漆那么厚重：什么？电厂的啊？这是怎么说的，自家人嘛。谁出来办事也不会背着锅走啊。服务员，给先生赊账！麻溜点儿。随后，还很夸张地给我，给主人，给珍姑娘深鞠一躬。

主人和珍姑娘受宠若惊，他们还一个劲地提议：要不我们把这件工装押到这里？

加菲猫生气了：这是怎么说的？你们这是羞辱我啊？不就是一顿饭么？什么大事啊。您二位慢走！

哼，应该说三位，不还有我牛装么？有眼无珠的家伙。

回到宿舍后，主人就把我甩到了一边。干嘛？呵呵，你懂的。

没想到，过了几年，经济形势严峻，电厂效益下滑。我跟着主人受了不少苦，挨了不少骂。最要命的是，每到过年的时候，还得跟着已经做了经营副经理的主人在厂部值班。来要账的人络绎不绝，有的文雅，有的粗鲁。他妈的有一次，有个魁梧的山东大汉竟然揪住我的领子，推搡主人，那次我受了伤，挂了花，主人心疼得不行。回到家，他吩咐珍姑娘把我缝补好，我好感动，好心痛，也好温暖。

去年生产经营又正常了。用电量大幅增长，电厂再次牛掰，主人再次牛掰，我也再次牛掰起来。

你看，主人穿着我去加菲猫那里私人小聚。这间南方风情酒馆早已经变成南方风情大酒店。好家伙，我这牛装一露面，大厅里一排俊俏的服务员就远远地迎了上来。领班引领，款款上楼，灯光旖旎，话语轻柔，关键是吃饭不带钱结账不发愁啊。

只听加菲猫吩咐漂亮的领班：牛总那桌，签字就成啊。

嘿嘿，牛装我真是艳遇多多。

碰瓷儿

山东一座无名山下，一辆皖牌黑色奔驰轿车停到路边，车上走下三男一女。

远远地望见两排摊子，明晃晃地排列着各种各样的瓷器。

小王，一家民营进出口公司的董事长，是个古董迷，瓷器控，但还是刚刚入门儿的级别。他一看摊上有瓷器，就小脸飞红，两眼冒光。走，去看看，看有没有古董？他迈开大步朝摊子走去。

司机小李知道老总的爱好，赶紧三步并作两步跟上。他得时刻准备着，准备着给老板埋单。

秘书小张提着微型摄像机紧随其后。悄悄打开机子，怕遗漏一次近距离学习观摩的机会。

财务总监老黑随后跟上。他五十多岁，有着丰富的企业经验和财务工作经验。业余时间也研究古董，比老板更有造诣。他平时经常到附近的古董摊上转悠，起初并不出手，只是学习研磨。10年后，果断出手，唐卡，地契，古书，字画，将军罐，观音瓶，玉带钩，青铜器竟买了不少。玩古董交学费是不可避免的，买到手的东西里面肯定有瞎活，但也捡了不少漏儿。尤其是有一幅字画，看上去脏兮兮的，画着一枝枯木一只呆鸟，经专家鉴定竟然是明末清初四僧之一八大山人朱耷的作品。好家伙，上拍价格300多万。老黑一家伙火了！当地古董行里人称一眼活儿的就是这位。

然而，还不到5分钟，一件意想不到的事情发生了。

小王董事长就要接近瓷器摊的时候，突然尘土飞扬，前边的摊子轰然倒塌，瓷器噼里啪啦滚落一地。

大家愕然。

这时从后排没有倒的摊子后面闪出一60岁左右的老头儿，后边又跟上两位横眉立目手臂刺青的愣头小伙子。

怎么诸位？砸我摊子来了怎么着？说着，捡起地上三块大些的碎瓷片。看那胎质和样子，有点类似哥窑的金丝铁线。

随后一个愣头青像变戏法一样从口袋里掏出一个能发出声音的计算器。蹲在地上，捡起一块钧瓷片，5200元，又捡起一块郎窑红瓷片，800元，然后又拿起一块元青花瓷片，54222元……总计252760元。妈呀，感情上边都标着价呢。

摊主老脸一黑：各位，是买呢还是赔呢？

小王董事长一听急了：我又没碰你的摊子。

摊主老脸黑得像黑漆一样了：没碰怎么就倒了呢？你倒要说说看。

你……小王竟然无言以对。

司机小李见状赶紧上前拔闯：你还讲理不讲？

讲理？摊主老脸泛起黑光，简直就是黑光闪闪了。他一字一顿恶声恶气地说：想当年我们造反有理的时候，爷就是理！那时候谁敢说个不字？你爷爷我现在也就是老啦，不然有你们的嘛事儿？我现在就是一贩夫走卒，就是工商税务公安法庭天王老子来了我也不怕！

老黑知道这是遇到碰瓷儿了，但他不动声色，捡起一块哥窑瓷片问：老板，这个好像是个洗子，东西到代么？

听了这话，老头儿心里一惊。他心里清楚，这是遇上行家了。语气缓和了许多：这位老弟，看来你是内行。这个确实是哥窑的东西，你看这胎质，这款识，这金丝，这铁线，明显的是宋代的东西。你们一来，砸了，可惜了。

是，可惜了。老黑慢悠悠地说：这么好的东西价位多少呢？

这不标着了么？10万。

呵呵，嘿嘿，老黑坏笑着。卖少啦，老哥。一件宋代的哥窑笔洗真品，卖价少说也得百万以上。普及一下常识，哥窑有大开片小开片，真品开片不会非常均匀，且金丝铁线有黄有红有黑，您看您这开片如此均匀规则像画上去的一般，金丝铁线如此呆板横竖都是黑线。实话告诉您，这物件造出来不过四十天，粪坑里沤了三五天，没见贼光还忽隐忽现？

摊主佩服得五体投地，立马没了脾气。但还故作镇静：那这些碎了的瓷器怎么办？

老黑拾起另一块瓷片，指着上边的老旧茬口调侃着说：怎么？老兄，需要我接着普及么？

摊主似乎要气急败坏，秘书小张出示一下微型摄像机说：要不我们到公安局走一趟看看这录像？

摊主老脸由黑变白，瘫坐在地上。

三男一女见机快速撤离。

摊主缓缓站起，从地里抻出只有过去地雷战时才用的道具机关——摊前踏板和一根麻绳，对两个还在愣神儿的楞头青沮丧地说了句：唉，老啦。

平等

老钱有点文化但因为一件事成了上访户。

因为什么上访呢？就是因为村主任李江同志那年选举时在主席台上瞪了他一眼。按说这不算什么事，可老钱不这么想。他认为，所有人都是平等的，他为什么无缘无故地瞪我一眼？而且还是那样恶狠狠地让人实在没法接受地！

于是，老钱为这事走上了上访之路。

先是来到乡里，郑和乡长接待了他。老钱坐下来，发现椅子比家里的好，心中先有些不快。于是开始诉说自己遭到的不平等对待。郑乡长一听是这事，就赶紧表态说：您找我原来是这个事啊？这其实也没什么。老钱一听就急了。他对郑乡长说：人和人都是平等的。李江为什么不平白无故地瞪你一眼？郑乡长说：瞪一眼又少不了什么，你瞪他一眼不就完了么？老钱觉得这个乡长不办事，非得要个说法。郑乡长忙得很，瞪了他一眼说：我还有事。没有别的事你请回吧。这一眼让老钱觉得很受侮辱，他说：你们当干部的都是一路货色！我会接着上访。郑乡长说：您请便。然后坐上桑塔纳 2000 离去了。老钱一看没有办法，气呼呼地骑着那辆除了铃铛不响哪里都响的破自行车回村去了。

不能善罢甘休。老钱接着到县里上访。县里负责接访的信访办来主任热情地接待他，给他倒了水，还递上一支红塔山烟。老钱觉得人家用的水杯比家里用的那个好，抽的烟也比自己的好，气便不打一处来，说话的声音自然就提高了好几度。来主任笑了笑说：您别着急。您要反映什么事？老钱就把村主任李江、乡长郑和不平等地看待人无厘头瞪他一眼的事情说了。来主任一听，觉得来访者可能是脑子有点问题，便开导说：老钱啊，您看这事这样处理好不好，我回头提醒他们一下，以后要注意一下对群众的态度。老钱不依不饶，说：那不行，提醒还不够，必须让他们给我道歉，人和人都是平等的。是可忍孰不可忍，你处理不好，我接着上访。来主任一看这个情形，也有点着急，瞪了一下眼说：请便您。我正好有事需要出外调解，咱们回头聊。坐着帕萨特车走了。被丢在那里的老钱有些怒不可遏，说：你们当官的都是一丘之貉，我饶不了你们。然后气哼哼地叫过一个三码的车回家转了。

必须要讨个说法。老钱接着到省里上访。这次他没找信访办，而是找到一个在省政府里任副秘书长的亲戚。亲戚姓施，是他的远房表侄。施副秘书长很忙，但老家来人又不好不见。来到一个咖啡馆，请他吃顿西餐。老钱虽然有点文化但绝对没见过这种阵势。什么白咖啡、黑咖啡、维也纳咖啡、爱尔兰咖啡，什么加糖加奶，什么果盘冷饮，纯粹像刘姥姥进了大观园如堕五里雾中。本来十二分的不自在，加上这样的环境更觉得心里发虚，本来准备好的有关平等的一些话到了嘴边又咽了回去。他听表侄聊着省里的趣事，聊着政府里的故事，聊着对家乡的思念，聊着对家乡亲人的思念，听着听着把服务员送上来的刀叉碰了一地。施副秘书长见状老大的不高兴，冲着服务员瞪了一眼。这一瞪老钱是看在眼里，记在心中。忙惭愧地说：不怨人家，不怨人家！服务员却一直鞠躬道歉：对不起，对不起！

西餐吃完了，施副秘书长问表叔老钱还有什么事情没，老钱慌张地说：没没没。施副秘书长说：表叔您要没事，我们就此话别。我下午还有会。说着，坐上四圈奥迪走了。半天才缓过神来的老钱赶紧叫过来一辆夏利牌出租直奔火车站而去。

强与弱

去东北的高铁火车上。

一个小个儿小伙坐在靠窗的座位上。窗帘拉着，小个儿有些不舒服。

一个大个儿小伙胳膊上刺着青横眉立目面露凶相颤着双腿微闭着双眼。

小个儿想看看车窗外面的景色，伸手轻轻地把窗帘拉开一条缝，充足的阳光射进来，大个儿浑身一激灵。

拉上！大个儿下了命令。

小个儿翻了翻眼睛一动不动。

大个儿噌地站起来，一把把窗帘拉上。

小个儿也不示弱，一把又把窗帘拉开。

大个儿眼睛一瞪，二话没有，一把又把窗帘拉上。

小个儿似乎有些生气，站起来使劲把窗帘再次拉开。

大个儿好像被激怒了，说了句：拉上！

不！小个儿毫不示弱，说得斩钉截铁。

大个儿握握拳头，手指咯嘣咯嘣直响。

小个儿头昂着，一点也不含糊，直视着对方。

大个儿像一头愤怒的雄狮，瞪着小个儿：想干啥？

小个儿声音提高八度：不想干啥。看看外面有没有野狗。

这时，大个儿干脆走到窗前，用力拉上窗帘，站在那里铁塔一般挡住半个车窗。

小个儿明显弱小很多，但也站起身来，想再次把窗帘拉开。没想到，刚一伸手，就被大个儿铁钳般毛茸茸带着刀疤的右手死死扣住。一触即发时刻，大个儿低声吼道：别说话，别伸手。再伸手，揍你！

小个儿还想反抗，但大个儿连机会都不给他，小个儿另一只手也被强悍的大个儿左手给死死控制住，那是丝毫也动弹不得了。

小个儿没了脾气，只听大个儿小声说：知道我是干啥的么？

小个儿翻翻白眼：干啥的？

大个儿嘿嘿一笑：知道车上飞么？

小个儿呸的一声：车上飞跟我有什么关系？

大个儿哈哈一笑：有什么关系？小子，到前边车站，跟我下车，让你见识见识我的厉害。

小个儿正要说什么，只见两位小伙子走到他们跟前，一个小伙子对大个儿厉声说道：放手！

说着，他从口袋里掏出一个证件，对大个儿低声说：警察！车上飞，我们找你多年了。常年盗窃，今天你被捕了！别说话，老实地跟我们走！

大个儿耷拉下硕大的头。

小个儿把弄疼的双手轻轻地揉了又揉。

人论

　　学院里安排一场人文讲座，邀请国内知名哲学专家及先生讲学，大家都很期待。

　　小张老师负责联系事宜，很快讲座日期搞定，老先生如期而至。

　　看先生，仙风道骨，头发花白，典型高级知识分子形象。

　　上午 8：30 讲座开始，及先生先是抛出一个问题：对人论大家知道多少？

　　一个年轻教师说：好人，坏人。

　　及先生哈哈一笑：也是一论。

　　一个中年教师说：男人，女人。

　　及先生笑得前仰后合。他说：也有道理。好，我们今天就讲《人论》。

　　接下来，他慢悠悠地说：其实，人论有多种理论。我认为，从人的发展角度来看，人可以是自然人，宗教人，社会人，劳动人，文化人，游戏人。

　　令人耳目一新。

　　你看，人一生下来就是个自然人，只知道饿了吃饭，渴了喝水，内急了拉尿，不舒服了哭闹。这是人类的最原始最初级也是最低级最无聊的阶段。

　　呵呵，大家报之一笑。

　　然后，逐步长大略微懂事了，老师说什么就是什么，家长说什么就是什么，长辈说什么就是什么。他没有自己的立场，自己的观点，自己的主见，但比较纯洁和纯净。这是宗教人阶段。

　　这个没听说过。

　　后来，他年龄足够大了以后，就开始进入社会，社会的政治、经济、科技、文化影响着他的生活、工作和学习，于是他变成了政治人、经济人、科技人、文化人，也就是我们说的工具人或者社会人。社会人阶段，他变得比较复杂，他得了解社会，适应社会，融入社会，最后才有机会改造社会。

有些意思。

他进入社会变成社会人后，得劳动，得创造，得去努力地改造自然，改造社会，这时他就变成了劳动人。劳动人创造社会财富，只有接受了良好教育的人才能有效地劳动和创造。这也是我们开办教育的目的之一。

很有价值，大家兴趣浓厚。

成为劳动人，只知道劳动，只知道创造，只知道改造，只知道收获是不够的。一个人生活有物质需求还有精神需求。他还需要讲文明，懂文化。他要懂得物质文化、精神文化、制度文化、行为文化等等。只有这样，一个人才会达到一定的境界，才会达到一定的层次。我们倡导这样的境界，这样的层次。

大家热烈鼓掌。

但是，我们知道，文化人还不是人的最高境界和层次。游戏人才是人发展的最高境界、最高层次。

我们表示不解和困惑。

他说：你看，游戏的本质是快乐。我们应该让我们的学生和我们自己能够从生活、工作和学习中得到快乐，这才是生活、工作和学习的本质啊！不快乐，你的生活、工作、学习还有什么意义呢？当然了，做游戏人，还要遵守游戏规则，不然你肯定要受到惩罚！

简直顿开茅塞，醍醐灌顶！

及教授接着说：刚才讲过，自然人是人类最原始最初级也是最低级最无聊的阶段。那么我们怎么才能提升发展自己从自然人逐步达到游戏人的境界呢？第一……

老先生侃侃而谈，越谈越深入，一晃时间到了12：00。

突然，大家注意到，老先生手哆嗦起来，脸色苍白起来，大粒大粒的汗珠顺着脸颊流了下来。老先生喊了一声：快，小张。包里有糖，取一粒过来，低血糖了！

啊？

看来人有时还是需要回归一下到自然人的啊！

入托

搞了一辈子教育的张局长，孙子入托倒成了大难题。

要是在自己这个城市，哪怕是市里最好的幼儿园，不用自己出面，东东入托的问题也会在一两天内解决。可他偏偏是在 A 市，还想进一家师范大学附属的幼儿园，这就十分艰难了。其实，东东父母的想法也对：一是不要让孩子输在起跑线上，要一开始就接受优质的教育；二是这家幼儿园就在他们楼下，小两口接送孩子不用跑很远的路。

想法很好，就是实现不了。

跟幼儿园园长通过电话，给孩子做了登记后，人家说：没有名额，暂时解决不了。

他们想：这肯定是托词。

找一个师范大学的教授给帮忙，教授真卖了力气，但园长说：真没办法，等等看。

他们想：等什么呢？分明不想给解决么？

请一位官员朋友给说情，得到答复是一样的：名额紧张，还要等等看。

他们很愤怒：还等什么？分明是不想给解决。

托园长的一位亲戚小李阿姨给问问，人家回话说：只要有名额，肯定会解决。

是真的没有名额还是另有隐情呢？

张局长和儿子儿媳商量：要不打点一下吧，礼到人不怪嘛。

儿子儿媳好像看到了希望，可怎么打点呢？人家园长连面都见不到，你想送礼都不好使。突然，他们想到了小李阿姨。

一天晚上，他们找到小李阿姨，把自己的想法说了。小李阿姨一听一口回绝，说：你们怎么这样办事？你们的事情我不管了。

小两口心里懊恼极了。

半年后，东东还没有入托。这时有人告诉他们，园长还有个亲戚就在他们楼下住。他们硬着头皮找上门去。那个亲戚郑阿姨是个公司白领，很热情。问他们孩子的情况登记了没有？他们说登记过了。她说那就好办了。

小两口一看有门，就把一套高级化妆品和1万元现金硬是放在了郑阿姨家里。郑阿姨看着小两口笑着说：放心，我会帮忙的。

小两口千恩万谢告辞出来，心中乐开了花。看来东东入托的事情有眉目了。

回到家，小两口赶紧告诉爷爷，说你孙子入托的事情有希望了。他们还特别强调，礼也托人送了。既然人家收下了，说明肯定没问题了。

爷爷也很高兴，说你们盯着点催着点。

过了两周，没有动静。小两口赶紧下楼找郑阿姨，郑阿姨家里没人。打电话不接，也不知什么原因。

再过几天，幼儿园突然来了电话，问是东东家么？你们的孩子可以入托了。赶紧来缴费办手续吧。

小两口喜出望外，赶紧到幼儿园办了手续。孩子入托后，东东爸爸打电话告诉爷爷说孩子入托了，放心吧！

张局长电话里说：我说怎么着，礼到人不怪吧。收了赞助费了么？

东东爸爸说：没有。

张局长说：你看怎么着？连赞助费都省了。

东东爸爸说：是是是，还是您有经验。

这时，外面有人敲门。打开门一看是郑阿姨。小两口正要表示感谢，郑阿姨说：孩子入托的事办好了吧？真不好意思，我刚从英国回来，一直没有见到我的园长表妹，孩子的事也没有机会跟她说，差点误了你们的大事，东西和钱我都拿过来了。有事你们说一声啊。

三十年追访

30 年前的一个夏天，海南海滩上游人如织。

一个小男孩，看上去五六岁的样子。他正翻来覆去看一只快速爬行的螃蟹，大概是对它的爬行方式感到奇怪。

这时，一个大一点的男孩子走过来，一脚把螃蟹踢飞，迅雷不及掩耳。小男孩看呆了，随即脸上现出抗议和不满。大一点的男孩看到了小男孩脸上的表情，不由分说，啪啪地地给了小男孩三个嘴巴子。小男孩号啕大哭起来。

孩子的哭声引起了大人们的关注。大男孩的爸爸走过来问孩子：你认识人家么？为什么踢人家的螃蟹？为什么打那个弟弟呢？

大男孩理直气壮地说：我就是好奇，看看那螃蟹和他是什么脾气。

在场的大人们无不惊讶，这么小的孩子竟然说出这样的话。

大男孩的爸爸很高兴，拍拍儿子的头说：玩去吧！大男孩没事人似地跑到远处去了。

小男孩的妈妈好像也没有怪罪大男孩的意思，也拍拍儿子的头，说：别哭，再去找个螃蟹来！小男孩眼里噙着泪水点点头也跑着走开了。

我当时也在现场，恰好认识这两个孩子的家长。作为一个教育研究工作者，我想做个追踪研究。看一看一个如此好奇如此霸道的孩子和一个如此专心如此宽容的孩子 30 年后会成为什么样子。

30 年里，大男孩长大了，小男孩也长大了。但成长的路径果然大相径庭。

大男孩对什么都好奇，好奇本来没错，但家庭疏于管束和引导。于是上小学时，偷偷地在女老师的喝水杯里尿一泡尿，看看老师喝水时是什么表情。上初中时偷走班主任老师的教案看老师丢了教案上课是什么表现。上技校时看瘾君子喷云吐雾自己也弄点尝尝看看是什么滋味，于是吸毒上瘾被强制戒毒三次。戒毒所出来趁警察不备偷走警察的手枪和警棍，看看警察丢了武器有什么动静，当然最后被发现获刑 3 年。

大男孩很霸道，霸道得爷爷奶奶爸爸妈妈老师不敢管。姐姐的东西是他的，弟弟的东西是他的，姐姐和弟弟敢说个不字，他就拳脚相加。邻居家的狗、猫他见到就打，弄得狗见了他夹着尾巴飞也似地逃。猫见了他赶紧蹿房越脊跑得无影无踪。同学挨欺负天天有人到家里告状。偷警察的武器被判刑 3 年出来后，无所事事，街上逛游。有一天手头紧，碰上一个同学要钱人家不给，就大打出手把人家的鼻梁打折颅骨也打塌了大半，最后二进宫被判了 12 年。

小男孩上课专心，作业专心，做事专心，小学、初中、高中学习成绩名列前茅，高考以优异成绩被清华大学录取，清华毕业后考入美国斯坦福大学硕士研究生，后师从材料科学专业国际知名专家攻读博士学位。取得学位后放弃美国一家公司的优厚待遇毅然回国进入一家国内知名研究所。

小男孩深厚的学科背景和丰硕的学术成果，加上严以律己宽以待人的品格使得他的周围聚集了一批一流的专家，他们近年的研究为国家赢得了很高的荣誉。一大批科研成果在他们的手上诞生，有的已经达到了国际领先水平。

追踪两个孩子的成长轨迹，我很感慨：当年的两个孩子，一个疏于约束两次犯罪进高墙，一个潜心研究学术美名扬。

正是：施教之法，不可不察；育子之道，家庭之要。

善良何用

30年前，张散、李寺、王舞从镇中初中毕业后就各奔东西了，各自打拼了几十年都没有联系。昨天机缘巧合，张散把李寺、王舞找到一起在县城中关大街上一家豪华酒店美美地搓了一顿。

张散现在已经是一家有模有样的机装大公司的老板，李寺是一家文化咨询公司的总经理，王舞在一中学任副校长主管教学业务，三个人都发展得不错。

张散五粮液酒喝了不少，已经面红耳赤了，还一个劲地劝李寺和王舞：来来来，喝！

李寺和王舞好像也喝了不少，多年不见，情谊绵绵，你来我往，都不打酒官司，都可着劲地喝。特别是王舞虽是个巾帼也不让须眉，你喝一杯，我也喝一杯。喝着喝着，三个人感伤起来，聊起了初中时在校的往事。

张散说：唉，初中一毕业，说散就散了。人啊真是，走着走着就散了，走着走着人就看不见了。想当初咱们三个人是班里的弱势群体，要背景没背景，要力气没力气，谁都知道咱为人善良，但总是受人欺负。对了，咱们班里那个赵榴那时最横，经常打骂我们三个，现在他干什么去了？

李寺说：嗨，一言难尽。

张散和王舞急着问：咋啦？

李寺声音低沉地说：早已经成为地下工作者了。

张散问：什么时候的事儿？

李寺说：18岁那年他和我在一个单位上班。下班时路过一条铁路的岔道口我们劝他等等别过，可他服过谁啊。天是老大，他是老二。一步迈出去，火车正好到，撞个正着，人飞了，命没了。

张散和李寺沉默不语好大一会儿，毕竟是自己的同学，很伤感。

张散又问：那黑狼呢？

　　黑狼是他们的同班同学，人长得又黑又瘦，因为十三四岁时就显出心狠手辣的样子，所以大家给他起名黑狼。黑狼出身于一个混混家庭，父亲游手好闲，不务正业，经常在外边鬼混，一些不良的习气也传染给他。黑狼在班里胡作非为，把个课堂搅得稀里哗啦，老师不敢管，同学躲着走。他专门欺负弱小，揪揪这个女同学的辫子，薅薅那个男孩的头发，踢猫打狗，惹是生非，老师同学都拿他没办法，从心里讨厌透了他。

　　王舞说：唉，他混得惨了。

　　张散和李寺齐声问：怎么了？

　　王舞说：这家伙命不太好。

　　张散问：怎么个不好？

　　王舞说：你们想啊，他出生在那样一个家庭是第一大不幸，没有仁爱善良之心又是第二大不幸。黑狼最先到一个木器厂工作，要说那里活也不累，但他耐不住寂寞，夜里跟社会上几个混混偷偷溜进木型车间，扛了几个立方的樟木木材，然后倒卖给一个贩子，每个人得了几千块钱。后来这个案件告破，为此他进去3年。3年牢狱生活过后，他跑去四川晃了一个漂亮的妹子回来，本来生活好好的，可他还是耐不住寂寞，夜里把村里一个老板的高档摩托车给卖了，赚了10000块钱。钱到手后想庆祝一下，到饭店刚点上两个菜还没等吃就被警察抓了。当时正是严打期间，得，又判了3年。出狱后，更加耐不住寂寞，又和不三不四的人勾搭在一起，染上了毒瘾。后来走路已经蹒跚起来，肩不能担担，手不能提篮，废人一个了。老婆也跑了。上个月深夜，黑狼一个人悄无声息孤苦伶仃地走了。

　　张散和李寺又一阵沉默，更加伤感起来。

　　这时，王舞突然抽噎啜泣起来：唉，他们早早地走了，但愿他们到了那边仁义一些，厚道一些，善良一些。他们哥俩过去那么盛气凌人，那么不可一世，那么无法无天，最后都……想当年，咱哥几个善良本分，常遭他们欺凌。我们多少次质疑自己善良何用？就恨自己无能，不敢跟他们死磕，如今欺负人的都走了，被欺负的还活得好好的。

　　张散和李寺似有所悟，不禁异口同声地迸出几个字：善良何用？善良立命啊！

上水平

我在基建处30年，见证过处里四任领导的真实"水平"。

平心而论，几任领导的工作水平那是没说的，他们雷厉风行，执行力那是杠杠的。领导们要求下属工作要上水平，那绝对不是传说。但处里有个传统也不含糊：喝酒也要上水平！并且一任一个台阶。于是，基建处就有了"酒处"的美名。

酒处的第一任处长姓海，很少见的姓。30年前生活条件差，酒场还不普遍。海处的口头禅是：感情深，一口闷。你平时就是滴酒不沾，有他这句话你多少也得喝点。跟他出外吃饭，没有一个喝不高的，每次喝酒不喝得东倒西歪不散伙。于是，不少下属都害怕海处叫去喝酒。不去吧，不合适。去了吧，得喝高。在酒店里怎么折腾都行，可出了酒店回到家，孩子烦，媳妇骂，瞪眼的还有爸和妈。有一次海处喝高了，走到卫生间洗手，想用肥皂，没有。突然，看见一个白晃晃的东西，拿起来使劲搓了搓，妈的，怎么一点泡沫也没有？于是就非常生气地把肥皂丢到洗手盆里。第二天早晨酒醒后到卫生间一看，哪里是肥皂啊，原来是自己的手机。一夜水泡，手机完全报废了。这事跟老婆那是不能说的。

酒处的第二任处长姓何，人很内敛，但上了酒场一杯酒过后就完全变了一个人。他的口头禅是：感情深，把脖伸。有的人腼腆，喝酒不是很主动。得，到了何处长这里那就没招了。他让你把脖伸，你要不伸，他就给你抻一抻，非把你喝高了不可。何处长喝酒还分几个阶段，第一个阶段被动，第二个阶段主动，第三个阶段联动，第四个阶段乱动，第五个阶段不动。不动是不动，可喝了再多的酒，自己的家他也认识。有一天喝得酩酊大醉，同事们把他送回家，大伙抬着他进了楼道口，他嘟囔说：不是这个楼道。我说：处长喝多了，别听他的。抬上五楼，一敲门，妈的真还不是。没办法，只好又把这一百七十斤的何处抬下楼来又在另个楼道把他抬了上去。

酒处的第三任处长姓依，听说是爱新觉罗家族的，是个皇族，吃喝讲究。他的口头禅是：感情深，一壶拼。啥意思？就是喝酒的时候，不要酒盅，直接上壶。依处酒量大，人也很豪爽，真把大伙喝怵了。有一次大伙喝酒喝到晚上11：00，因为酒店离家比较近，那天没有要单位的车。大伙散了，我送依处回家去。依处晃晃悠悠前边走，我悠悠晃晃在后边跟。走着走着，依处不见了。我还纳闷，怎么突然就到家上楼啦？第二天早晨我还没睡醒，依处的电话就打了过来，他咆哮着说：你这个小子太不够意思！昨天晚上我在下水井里待到早晨四点多才醒过来。我呵呵笑着说：原来如此！对不起，我自己也不知道是怎么回来的。

酒处的第四任处长姓桐，也是少有的姓氏。桐处人高马大，一米八的个头，酒量惊人，到他这一任，基建处的喝酒才真正上了水平。桐处的口头禅是：感情深，一瓶抢。喝酒的时候，一瓶白酒放在你的前面，你是喝也得喝，不喝也得喝。几年下来，酒处的弟兄们都变得海量。牛一瓶、马一瓶、杨一瓶、吕一瓶……一个个绰号都叫响了。桐处喝酒努力，韧性也很可嘉。他的夫人脾气暴躁，十分彪悍。有一天晚上桐处喝高了，我们几个人送他回家。到了家，桐处一敲门，门就开了，夫人高大的身影黑塔般立在那里。说：回来啦？声音还算温柔。桐处答：回来了。夫人突然提高嗓门大声说：我跟你说过多少次了？你喝成这样，还回来干嘛？说时迟，那时快，夫人左右开弓，重重地甩过来两个响亮的嘴巴，我们几个见此情景，个个心惊肉跳，落荒而逃。夜深人静，那响声在楼道里久久回荡，回荡……

酒处又新来了一位处长，酒量不明。新的处长姓解，昨日走马上任。怎么处长换了呢？因为桐处英年早逝，56岁就早早地到那边报到去了。关键是他的前任、前任的前任、前任的前任的前任都早早地走了，都是一个病：心血管疾病。

人们玩笑说：这回好了，酒处的海、何、依、桐四位处长到那边凑齐了，足可凑上一桌，海喝一通了！

神目爷

林家镇有个神人姓远名目，看阳宅看风水看财看命看运道据说很准，人称神目爷。

张山盖房子时找来神目爷。神目爷来到宅基地，一双小眼一眯缝，山羊胡子翘一翘，幽幽地说：房子抢东一点儿，朝阳一些，保你全家平平安安，富富裕裕。盖房子的人理解他的意思，就是房子的朝向要朝东南一点，不可朝西南。

房子盖起来了，张家十几年里确实老幼平安，殷实富足，村里一时传为佳话。

李斯十多年前一直不顺，男人身体很弱，女人身体也很弱，两个人结婚十多年愣是怀不上一个娃。有人指点说：你家的风水有问题，找人给看看吧。于是，请来神目爷。神目爷在房子前后转了两圈，眯缝着眼指着大门外的一块空地说：种上两颗枣树，你家就有后啦。

李家赶紧找来两颗枣树种上。俗语说，枣树当年就还钱。树种下的当年，竟然挂了很多红枣。两口子吃了一冬大枣，奇了，春天李家女人就怀了娃。一提这事，大家无不啧啧称奇。

王石头天天炒股买基金，长线短线他都做，只是几年下来赚了不少，也赔了不少，里外一算账，得，一分没挣。为此，老爹跟他反了目，老婆跟他离了婚，朋友见了他就躲，同事遇到转身走。镇上有发小悄悄建议：找神目爷算算。把神目爷找来了，其实他也不懂基金股票。石头跟他一说，他眯缝着眼看了看交割单，语气平静地说：最近卖掉的那几只接着买。

石头照着做了，四只股票各买了1000股，怪了，四只股票第一天都涨停。第二天，第三天，第四天，半个月后涨得一塌糊涂，石头竟发了一笔小财。此时，老爹主动讲和，老婆托人说情，朋友提着烟酒登门，同事见了笑脸相迎。支招的神目爷自此声名大振。

我的同事小姜闻讯赶来，非要请神目爷看看自己是什么命。

神目爷眯缝着眼看看小姜说：命不错，但要注意远水近火。

小姜似懂非懂叨叨咕咕地走了。

我是神目爷的一个远亲，就问他：为什么注意远水近火？

神目爷呵呵一笑：为什么？你这读书人连这个都不懂。远处的水不知深浅，危险。但远处的火近不了身，不危险。这是常识。但我看东西不靠这个。

我很好奇：不靠常识，靠什么呢？

神目爷眯缝着眼说：靠直觉。

我更加不理解：什么是直觉？

神目爷哈哈一笑：直觉就是第六感觉，不是人人都有。我天生具备，后天有所加强。告诉你小子，前后几十年，大小人间事，尽在掌握中，没有我不知。

我不禁打个寒战。

突然，屋子里闻到一股怪味。神目爷的孙子慌慌张张跑进来：快，爷爷，快跑。西边的厢房着火啦！

这时，我看见神目爷的眼睛睁得老大老大胡子翘得老高老高。

神奇的成绩单

县一中高三理科实验班学生学习风气不浓，前一二三名的学生马跃、龙腾、李志个人资质都很好，但是在班里因为成绩总是名列前茅，竞争不激烈，学习动力也不是很足，这可难坏了年轻班主任张小倩。

小倩跟周校长汇报说：据我观察，这三个孩子要是能够再努力一些，可以冲击清华、北大、人大三所名校，但就是冲劲不大，真是没有办法。

校长看了看小倩，然后眨了眨眼说：要不这么着。你明天上午8：00带三个孩子来我办公室，我跟他们谈谈，看看是否能给孩子们加加油鼓鼓劲。

小倩说：那再好不过。

第二天上午，小倩带三个学生如约来到校长办公室。周校长笑眯眯地看着三个孩子，问：你们想不想上清华、北大、人大？

三个孩子异口同声地说：咋不想？做梦都想。

周校长：光想还不行，你们知道，上清华、北大的人既是生出来的，也是教出来的，更是学出来的，还是考出来的。多元综合，缺一不可。知道你们欠缺什么吗？

孩子们说：努力学习呗。老师教育过我们。

周校长：好。这就有希望。那我给你们看一张和我们同时同卷考试的另一个很牛的学校的月考成绩单。

三个人围过去，看清楚了是一个什么海滨中学高三理科月考前10名的成绩单。第一名学生是吴旭：6科总分699分。三个孩子吐吐舌头。

周校长认真地观察着三个学生，然后对他们说：要想考入名校，实现愿望，办法很简单，那就是，咬住这个吴旭不放松，赶上他，超过他。据海滨中学的校长讲，这个吴旭，人很聪明，但学习十分用功，成绩一直名列第一。他的口头禅是：学习踏实不轻飘，清华北大任你挑。你们的成绩要是赶上他，国内学校应该是愿意上哪一所就能上哪一所。有没有这个决心呢？

马跃一看成绩，自己差了 32 分，龙腾一看，差了 40 分，李志呢，差了 51 分。周校长瞥见几个孩子都情不自禁地攥了攥拳头。心想，此次谈话目的达到了。

周校长对小倩说：孩子们要多指导，多引导，多疏导。回去后，制定一个学习计划，踏踏实实学，一步一步赶，实实在在超。下个月考，再向我汇报，我们来比对一下成绩。

小倩很激动：会的，会的。请校长放心。

一个月后，小倩领三个孩子来见周校长，人还没进屋，校长就听到他们几个人的笑声飘了进来。

周校长又拿出了一张海滨中学的月考成绩单。比对一下，三个孩子的成绩有了明显的进步，都进入了海滨中学前 10 名。跟吴旭的成绩相比，每个人都涨了 20 几分。

又一个月后，月考成绩揭晓，马跃超过吴旭成绩 3 分，其他几个人跟吴旭的成绩已经相差无几。

再一个月过去，马跃、龙腾和李志的成绩都已经超过吴旭的成绩，孩子们笑了，小倩班主任笑了，周校长也偷偷地笑了。

六月，高考结束。

成绩发布，三个孩子哭了。为啥？激动呗！他们的成绩都超过了清华的录取分数线。

小倩高兴，孩子们高兴，他们一起来见周校长。他们急切地想知道吴旭高考考了多少分。

周校长说：不知道。说得斩钉截铁。

小倩和孩子们不解：怎么会呢？

周校长哈哈大笑着说：原因其实很简单。这个海滨中学和吴旭本来就子虚乌有嘛。

守成大爷

杨柳湾村有个守成大爷，今年九十有二。是村里德高望重的老人。

守成大爷抗日战争期间当过一段兵，是八路还是国军已经不可考，因为他也说不清楚。为这事"文革"时没少折腾他，外调无果，审查无效，原来的战友找不着了，原来的部队番号他也忘了，守成大爷的身份就弄了个稀里糊涂。

他的身份稀里糊涂，但他人可不稀里糊涂。村里的大事小情都要通报给他。好像是约定俗成，又好像是村规民约。

上个世纪 80 年代初，村里老马的两个儿子都考上了大学。录取通知书发过来，老马毕恭毕敬地送给守成大爷过目。守成大爷没见过这劳什子，也认不得几个字，拆开信一看，一个孩子是被东北大学冶金专业录取了。他不认识那个"冶"字，以为是治金。守成大爷说：好事，好事。治金专业，就是治金子的专业，这专业好，你家以后有钱花啦。老马一听，喜不自禁，恨不能给大爷磕几个响头。他想，既然见多识广的大爷都说了这是好事，并且能发财，那一定是真的不会有假。

老李家 34 岁的老姑娘找到对象啦，就把走路颤颤巍巍的守成大爷请过去喝杯喜酒。大爷耳不聋眼不花，看见健壮魁梧的已经四十几岁的女婿德子就一个劲地夸：好好好，身体好。身体好，日子错不了。老李一家人乐开了花，既然守成大爷认可了，这门亲事算是板上钉钉啦！

胡庆家有点跛脚的儿子胡乐五十多岁才用妹妹换了一个亲，妹妹长得水灵灵的，笑起来那声音铃儿一般，人见人爱，可对方换过来的人是个胖胖的妹子，上下一边粗，看着水桶一般，大家拿不准，说请守成大爷给掌掌眼。守成大爷不愿意来。胡庆三顾茅庐才勉强把大爷请过来。大爷见过胡乐的妹子，一看那个换过来的胖丫头，就大声咳嗽起来。得，一句话没说，这门亲事就黄了。

前年村里想建个公墓，计划把所有零零落落的坟地集中在一起，一是为了节省土地，二是祭奠也文明些。村里开会通过了，征求村民的意见，大家都看守成大爷的眼色行事。当大爷知道了这件事，一声不吭，连咳嗽都没有，这事就没人再敢提了。村干部很窝火，但也没有什么好办法。

不过今年情况似乎有了一些小的变化。

老马家的那个学冶金专业的儿子没有像大爷说的那样去治金子，而是去学校当了老师，人没饿着，当然也没有发财。大伙才知道大爷说的那个不太靠谱，此事成了村里的一个笑谈。

老李家的那个女婿德子，守成大爷没有看错，后来做买卖搞贸易发了家了，本来日子过得不错，去年底一个房地产商圈钱时，他把差不多整个家当都放了进去，今年初开发商卷钱跑路，弄得德子天天以泪洗面，全家一夜回到解放前。

胡乐的妹妹换亲没成，但天赐良缘，她自己结识了胖丫的哥哥，发现那个哥哥原来是个帅小伙儿，对方经济条件不好，她自己主动嫁过去连一分钱彩礼都没要。婚后，又当媒人把胖丫介绍了一个老实本分的农家汉子，胖丫现在已是一双龙凤胎的妈妈了。

据说，杨柳湾村响应上级号召，村里的公墓建设已经拿出了设计方案，一个月之后就要施工建设。又据说，守成大爷将来的栖息之所将规划在这个墓地里。还据说，村民们都跟村委会签了墓地动迁补偿协议。再据说，守成大爷的孙子竟然在没有征求爷爷意见的情况下代表全家跟村委会签下了这份协议！

数学大王

高大成是个数学老师，别的他不怎么上心，但他的数学好得不得了。

从小学开始他就显示出数学方面的奇异禀赋。据说小伙伴们题目还没读完，他的计算结果就出来了。到上了高中，老师基本上就 hold 不住他了。怎么呢？演算比较复杂的例题时，老师常常被挂在黑板上，他倒好，站起来，三下五除二就把结果算出来了，常常让老师下不来台，让同学们十二分地羡慕嫉妒恨！由此，他得了一个数学大王的绰号。

也是命运弄人。数学大王高考时物理没有考好，但由于总分不低，被录取到一所重点师范大学，可惜没有录取到他喜欢的数学专业，而是录取到了他高考砸了锅的物理专业。数学大王郁闷了好一阵子，但毕竟是个重点大学，数学大王在大学里还是读得不亦乐乎，自然数学没有撂下。

大学毕业了，数学大王并没有中断他的数学梦。到教育局报到时，竟然提出要教数学不教物理。接待他的人事科科长恰巧也是个数学迷，天天没事时就演算微积分题。他好奇地问高大成：你数学擅长什么？

数学大王眼睛都不眨：拓扑数学。

人事科长也不含糊：那就来一道微分拓扑数学题吧。

题目刚写出来，数学大王的结果就出来了，而且准确无误。人事科长心里暗暗吃惊：我研究了一个多月的题目，他 2 分钟不到，就出了结果。奇才，奇才啊！

于是，数学大王到滨海中学报到去了。

到了滨海中学，他的名号响了。有什么数学难题也难不倒他。作为滨海中学校长，我为拥有这样一位数学奇才而无比自豪！

有一天，一位大咖建了一个茶道艺术工作室。工作室揭牌仪式上，有很多艺术界大腕捧场演出，大咖建议我们选一位优秀教师参加仪式。我犹豫都没犹豫，推荐了高大成。

数学大王高大成一听要让他参加仪式，老大的不情愿。但囿于我的面子，不得不去参加。参加仪式回来好多天也见不到他的影儿，我还挺纳闷。

有一天我在数学教研室终于见到了他，就问起那天仪式上演出的事儿。

我问：演得怎么样？

数学大王哭丧着脸：一般般。

我问：都演的什么节目？

数学大王皱着眉头：有唱歌，有跳舞。还有个老头拿着个快板数来宝。对了还有个家伙拿着两块铜板打着节奏数来宝。他连普通话都不会，说的不知哪里话。什么素质？

我说：啊？那是山东快书啊，伙计。还有么？

数学大王不耐烦地：有。工作室那个大咖跟一个老头说笑话来着。

我急忙问：说得怎么样？

数学大王愤愤然起来：依我看，说得不怎么样。老头说得倒是很流利，那大咖哼哼哈哈的，好像没说几句整话，好像是忘词啦。

我：还有这事？

从教研室出来，我急忙挂了一个电话给我的朋友询问那天演出的事儿。我问演出中大咖怎么老是哼哈的还忘词了呢？

朋友哈哈大笑地说：什么忘词儿了，你可真老外。他说得很专业，演出时，掌声不断。相声里他是捧哏的，不许多说话。多说一句叫抢活儿，抢活儿是大忌！

啊？这个大王！

特别考察

宾馆客服部经理调任他处，张总经理让我在现在的客服部员工里物色一个。

客服部里一共有4个人：王倩，张琴，江丽，姚欢。我平时跟四位姑娘打交道不少，从交往的情况看，她们各有特点和优势。

选谁呢？这事多少让我有些为难。

突然有一天我想出了一个主意。

我用一个新的手机卡拨通了王倩的电话。

我变着嗓音用当地土话厉声问：是客服部服务员么？

王倩连犹豫都没有，马上回避：不是。你找错人了。说着，迅速地挂断了电话。再拨，对方没有人接了。

于是，我又拨通了张琴的电话。我仍然用土话厉声问：是客服部服务员么？

张琴说：是。

我问：贵姓？

张琴好像很生气：问贵姓干什么？你有什么事？

我质问说：你们这个宾馆服务质量怎么这么差？

张琴一听这话，马上说：服务质量差跟我没有关系。有事儿，你找经理反映！说着电话就撂了。再打，干脆关机了。

然后我拨通了江丽的电话。我还是用土话厉声问：是客服部服务员么？

江丽倒是很客气，回答说：是。

我质问说：你们这个宾馆怎么搞的？

江丽怯怯地问：怎么了先生？

我说：还怎么了？你们这客房里的马桶怎么连刷都不刷床单连换也不换？

江丽说：先生，对不起。我给您问问啊。她连房间号都没问就挂了电话，自此再也没有音信儿。

156

我又拨通了姚欢的电话。这时我好像是进入了角色，变得怒不可遏，我用变了音变了调的土话愤怒地发问：是客服部服务员么？你姓什么？

姚欢听口气知道来者不善，但还是笑着说：先生，我姓姚。您别着急，有什么事需要我帮忙么？

我提高了声音斥责说：你们这个宾馆是怎么搞的？怎么连马桶都不刷床单也不换？我要投诉你们！

姚欢小心翼翼地问：先生，对不起，您是哪个房间？我马上去看，请您不要着急。

我说：能不着急么？我，我203号房间，快点来。

姚欢深表歉意：对不起，您等一等。我马上去处理。

过了15分钟，姚欢的电话打了过来。她说：先生，您说的那个房间客人刚刚退房，您就是那个客人吧？实在对不起，我向您道歉。下次您再来宾馆，提前给我打个电话，我会亲自帮您安排。您放心，这样的事情再也不会发生了。对不起。

姚欢的一番话说得我心里热乎乎的，我还装模作样地回说：好的，也谢谢你啊。

第二天，姚欢提任客服部经理。

但至今她也不知道当时还有这番特别考察。

提醒

周正师范大学毕业后入职一所重点中学，小伙子一到校就受重视——任高一（1）班班主任。

班里45个学生，个个都很可爱，只是有几个孩子有点玩闹不好好学习，周正决定采取措施好好地修理修理他们。

周正正干得起劲的时候，老教师石古把小伙子拉到一边，一本正经地训导着：

我说周正，你够敢干的。提醒你年轻人，干工作既要低头拉车，又要抬头看路，一定要给自己留条后路。

你看你这个班，45人里，有15个学生家长是官居要职的。用好了是资源，用不好是火药桶啊。

你就说这个李刚吧，他爸爸是咱教育局的领导，他上课不听讲思想开小差，多大的事啊？你竟敢停他的课，弄得孩子课上课下哭哭咧咧，像偷了军火抢了银行被抓捕归案似的。这回家跟老爸一汇报，人家一怪罪，你肯定吃不了兜着走。

这个瘦小子张帅，他妈妈是县组织部部长。他上课迟到一次，你竟然让人家写个5000字的说明。这要迟到二十几次，够得上一个长篇的篇幅啦。凡事都得有个度，你这么做，得罪了家长，不是自断前程么？

那个胖小子石墩，他爸爸是县政府办主任，大权在握，谁敢得罪他啊？你可好，人家儿子一次作业没写，大夏天41度，你竟然让那宝贝儿顶着烈日呼哧呼哧地去跑3000米，这也真够狠的。你说，那个家长知道你这么对待他的孩子，会怎么想，会怎么干，又会把你怎么办？

还有那个疯丫头钱静，妈妈是县物价局局长。人家孩子也没什么毛病，就是大大咧咧一点，上课总捅咕捅咕这个，聊扯聊扯那个。你倒好，丝毫不顾及她妈妈的情面，干脆把疯丫头课桌放在了讲台旁边，快成你的助教了。这样安排，人家孩子和家长会多没面子啊！

石古老师一边说着，一边捋着两鬓白发，最后补了一句：经验之谈，经验之谈啊！

周正红着脸，似有所悟又像是非常感激地点点头。

石古老师很快到点退休回家了。

周正在学校依然故我，眼里揉不得沙子。班级管理，严上加严。他管班，不看对象，不看家长，该抓就抓，该管则管。说起来也怪，家长呢，不管是当官的，还是普通百姓，都愿意把孩子送到他的班里。周正自此名声大振。

十几年后，周正走马上任学校校长。

学校20年校庆，老教师们都回到学校。石古老师也来了，看见周正老师，不，周正校长，他不停地上下打量，眨眨眼说：后生可畏，后生可畏啊！怎么样，我当年的提醒对吧？

周正校长挺挺腰板郑重其事地回答：对，您说得对极了！

天夺

阿庆老汉 70 岁了，夜里做梦被两个红衣童子带着上了天庭拜见上帝。

上帝这家伙很排场。帝庭里灯红酒绿，金碧辉煌。这边鲜花朵朵皆绽放，芳草萋萋伴红妆。那边大大仙桃篮中装，童男童女列两旁。庭内深处云雾氤氲缭绕，天香沁人心脾，看一眼景，吸一口香，身心皆醉。远处百鸟鸣唱，流水潺潺，更显庭内温馨静谧，这天庭真是名不虚传，果是远离红尘的幽静之所。

上帝问侍从：堂下何人？

侍从温声细语：是阿庆。

上帝又问：今年几岁？

侍从翻翻账簿答道：70 整。

上帝呵呵一笑：给他的礼物该收回一些啦。

侍从说：明白。

然后侍从问阿庆：阿庆，听明白了么？以前给你的礼物呢？

阿庆稀里糊涂懵懂着：什么礼物？

侍从嗔怒着说：亏你活了这把年纪。70 年前上天给了你很多礼物，大件有智商，有肌体。小件不计其数。给你智商能思考，给你肌体能行动。你前 20 年在学习，后 10 年在吃喝玩乐。中间 40 年，睡觉睡去了一半，只剩 20 年，一年 365 天，只有 7300 天。你说说你都干了点啥？

阿庆赶紧解释说：我天天上班啊。

侍从嘻嘻笑着说：快拉倒吧，你周六、周日还上班么？什么五一、国庆、春节上班么？一年中双休日、节假日又除去 100 多天，二十年就是 2000 多天，你只工作了 5000 多天。

阿庆低头一想：是是是。您说得是。

侍从又翻开账簿，数落着：你说你，啊，刚参加工作时吊儿郎当，游游逛逛，10 年内没有什么长进。后来遇到一位好师傅，教育你学习要努力，工作要上进，你这才步入正道。努力工作十年，40 岁时被提拔为一处之长，本来可以大展宏图，为国效力，但因为你心眼小与同僚闹不团结相互争斗整整 10 年，白白浪费了大好时光。50 岁时机构改革你被裁二线直至退休。其实给了你智商，给了你肌体，也给了你机遇，但是你都不太珍惜。上帝口谕：收回一些赠予。你听明白了么？

阿庆心中忐忑：收回哪些赠予呢？

侍从嘿嘿笑着说：看你还算老实，大件暂时留存，但小件得剥夺一二。

阿庆仍然有些懵懂，问道：都有什么小件啊？

侍从正颜说道：真是糊涂。给你的小件不计其数啊，比如记忆，比如情感，比如视力，比如听力，比如味觉，比如嗅觉，比如触觉，比如腕力，比如腿力，比如……

阿庆恍然大悟，想了想说：如果非要收回的话，情感不要收回。我老伴过世后，伙计们正撺掇给我说后老伴呢。夕阳红没有情感怎么行？视力、听力、味觉、嗅觉、触觉不能收回，我还得靠他们生活呢。腕力、腿力不能收回，我还得和老伙计们遛圈儿、钓鱼呢。其他随便吧。

侍从哈哈一笑：阿庆啊，你听好，不管是谁，随着时间的推移，得到的礼物早晚都得收回。这次依你，就收回一件吧——记忆，不要后悔啊？

阿庆点点头：不后悔。

突然，梦醒了。阿庆扭扭身子，睁眼一瞧，迷糊了：我是谁？我现在是在哪里？我从哪里来？我到哪里去？怎么回事？

阿庆抱着脑袋痛苦地思索着。

电话铃声响起，是阿庆的那个她。阿庆啊，今天有时间么？咱们出去遛遛吧？

阿庆吼道：你是谁，谁是阿庆？

得，那个她走得远远的了。

这时，老朋友阿强又来电话：阿庆啊，今天钓鱼去啊，你忘了么？

阿庆怒吼道：你找谁，谁是阿庆？对方一头雾水吓得挂断了电话。

阿庆惶恐地看着周围的一切，实在搞不明白自己做过什么，做着什么或将要去做些什么了。

天网

民国年间，湘西山区有个偏僻的小村。

村里有一个屠夫和一个瞎子。屠夫天天上午在家里杀猪，天天下午出外卖肉。瞎子天天上午到外村算命，天天下午按时回村。两个人经常在路上遇到一起，打个招呼，寒暄一声，井水不犯河水，几年里相安无事。

然而有一天却发生了一件意想不到的事。

屠夫卖肉归来的路上遇到瞎子，天色渐晚。屠夫生意顺利，心情颇好，见到瞎子，顿生怜意。于是，打个招呼，说：老哥儿，扶着我的担子走吧。

瞎子感激涕零，连声谢着。两个人一边闲聊着一边慢慢向前走。

瞎子：现在什么时候了？

屠夫：快黑天了。

瞎子：那路上没人了吧？到哪里了？

屠夫：就咱俩儿。到西山破窑这儿了。

瞎子：是吗？今天肉都卖了吧？

屠夫：托您的福，都卖了。

瞎子一手扶着担子，一手摸索着后筐里的刀子，突然一声阴险冷笑，一道寒光闪过，屠夫登时倒地毙命。

瞎子摸索着，翻开屠夫的钱褡子，里面的钱一分不剩尽收自己囊中。瞎子恶狠狠地一脚把屠夫的尸体踹到旁边的沟渠里。然后，继续蹒跚着赶着路程。

屠夫的妻子和襁褓中的孩子在家里左等右等，就是不见屠夫的身影。深夜了，还是没有见到人，于是派亲戚连夜去找。

第二天清晨，终于在屠夫遇害的现场找到了尸体。家里人报了案。官衙查了又查，数年过去，没有结果，没有人会想到瞎子会劫道杀人。

神不知，鬼不觉。瞎子暗自得意。

十几年过去了，屠夫的儿子长大了。屠夫的儿子是个孩子王，经常在破窑附近挖猪菜、打青草。

一天，他正和一帮孩子在破窑那儿打草，远远看见瞎子从远处跌跌撞撞走来。屠夫的儿子调皮劲上来了。他说：咱们谁都别吭气，等瞎子来了咱们吓唬他一下。如此这般这般如此，他一通策划嘱咐布置，就等瞎子上钩了。

说着瞎子摸索着走了过来。小家伙们屏住呼吸，小土坷垃雨点般投向瞎子。瞎子本来心虚，每次走到破窑这里都是浑身打战。突遭如此袭击，以为天谴，扑通一声跪下，朝着破窑方向连连叩头作揖，口中还念念有词：大兄弟呀，是兄长对不起你了。那一年也是我财迷心窍，见财起意，才取了你性命。我不是人啊！还请你放过我吧！我保证，每年清明节，我都会为你超度，为你烧纸，为你……

孩子们听了这话，个个大惊失色。屠夫的儿子，拳头举得高高。他是个有心计的孩子，耳语几声，命伙伴们悄悄离开了那个破窑，回到家来。

回到家，屠夫的儿子一头扎到母亲的怀里，大哭起来。母亲吓了一跳，问孩子出了什么事。儿子抽泣着如此这般地把破窑那里所见所闻学说了一遍。

于是，这个惊天、离奇的案子最终告破。当然瞎子得到了应有的惩罚。

这天网啊！

天眼玛瑙

　　小石头喜欢收藏，现在已经是林河镇有名的玉石收藏家。他收藏的石头，形形色色，千奇百怪。有动物形、植物形，有菩萨形、观音形，有馒头形、饺子形，有苹果形、鸭梨形、石榴形，有五花肉形，竟然还有瓜子形。外地来观石的，来买石的，接踵而至，络绎不绝。

　　小石头本姓石，是个初中语文老师。他练得一笔好字，写得一笔好文章，教课四邻八乡都有名。收藏只是他的一个爱好。

　　最近有个老乡的孩子要入他教书的学校读初一，这事他说了不算，教务主任、副校长也说了不算，他只好硬着头皮找一把手张校长。

　　找校长他有点发怵。因为求别人办事非他所长。他为人率直，不屑去拉关系、走后门。他知道这个社会环境求人不能白求，求人不能空手去，唾沫粘家雀儿的事不能干，恐怕也干不成。

　　拿什么去见校长呢？小石头犯难了。

　　小石头走进自己的收藏室，一眼搭在博古架上的一块玛瑙石上。

　　对，就是它了！

　　这块玛瑙是有来历的。当年一个爱好收藏奇石的朋友拿过来石头，他一眼就看上了：玛瑙整体为栗皮色，从外观上看，一个猴脸嵌在里边。拿起对着阳光看，一对漂亮的眼睛深情地望着你。小石头知道，这个是马达加斯加天眼玛瑙，而且是天眼玛瑙中的精品。虽然价格并不十分昂贵，但这样的玛瑙十分罕见。最后他用两件奇石换下了它。

　　小石头用红色丝绸包好玛瑙去见校长。张校长见到小石头很热情，说你那么客气干啥玩意？来了还带什么东西？你打听一下，这么多年，我给人办事从来不收礼，自己办事也从来不送礼。告诉你石头，不正之风在我们这里没有气候，没有土壤。

小石头特别不好意思，说我收藏石头，也不是送礼。就是觉得这个比较好玩，拿给您让您欣赏的。

张校长似乎很不情愿，说那好，咱下不为例。

从张校长办公室出来的路上，他接了镇里一个副镇长打来的电话，对方问：李镇长的儿子是不是在你的班里啊？

小石头说：是啊？有什么事么？

副镇长说：孩子语文基础知识还可以，但是作文还比较差。李镇长的意思是看看找个固定时间给孩子补补作文。

小石头说：这事啊？好办。那就订在每个星期六晚上7：00到9：00吧。

孩子补课一个月后，李镇长儿子语文考试成绩提高一大块。李镇长很高兴，就电话约请小石头到老石锅饭店吃鱼，还提前告诉他会给他一个惊喜。

小石头如约而至，酒过三巡，菜过五味，目光蒙眬之中，镇长从桌下取过一个精美的礼品盒说：石头老师，感谢你对孩子的教育。知道你喜欢收藏玉石，最近朋友送我一件东西，这个归你了！

小石头小心翼翼地打开那只精美的盒子，一个熟悉的物件映入眼帘：天眼玛瑙！

小石头立马石化在那里。

爸爸 咬咬牙

宝宝凯欣今年 4 岁，爸爸妈妈都是海归，夫妇俩在一个科研所上班，天天忙得不可开交。

有时凯欣从幼儿园领回一个练习舞蹈、背诵儿歌的任务，她也有耍赖、贪懒的时候，会哼哼唧唧不愿去做。这时，爸爸阿强就说：凯欣宝贝，咬咬牙。

有时候，凯欣会认真地问爸爸：什么是咬咬牙呀？

爸爸回答说：咬咬牙，就是要坚持一下。我们的凯欣会不会咬咬牙坚持一下呢？

凯欣听了爸爸的话，就会坚定地点点头：当然会！

小娃娃说到做到，随后就会非常认真地练起舞蹈，背起儿歌，一招一式，一丝不苟。

每当此时，爸爸妈妈就都会心一笑：看来小孩子可塑性强，你期待什么，就会有什么。

一天夜里，爸爸阿强很晚才回家。

妈妈阿丽就问：怎么才回？

阿强皱着眉头说：还不是因为那个主题演讲。

阿丽问：什么演讲？

阿强说：所里推荐一个人参加全市"中国梦"演讲，选上了我。

好事啊！

好事是好事，还得写稿子，还得改稿子，还得参加培训，还得背稿子，还得参加彩排，进了复赛还得参加决赛。你知道我那个实验已经到了关键时刻，累得我已经直不起腰来了。哎哟，真想跟领导好好说说，我……

爸爸，咬咬牙！

阿强和阿丽吓一跳，感情这小家伙没有睡着，他俩的对话被孩子听个正着。

不能在孩子面前装熊，阿强赶紧表态：是，宝贝，爸爸咬咬牙。

于是，阿强迅速钻进自己的书房撰写演讲稿去了。

演讲稿写得很长，阿强皱着眉头背啊背。每当背不下去忘词的时候，凯欣就鼓励着爸爸说：爸爸，咬咬牙。

初赛上场，阿强名列前茅。顺利进入复赛。

复赛上场，阿强名次靠后。但也进入决赛。

此时，阿强所里的实验到了最关键的时候，每天都是早出晚归，通宵达旦。

疲劳至极。演讲决赛即将来临。阿强确实有些为难，就悄悄地跟阿丽商量，要不决赛放弃算了。

阿丽还没表态，凯欣好像看出点什么，就鼓着小嘴说：爸爸，你不是要我坚持么？爸爸，你咬咬牙！

凯欣说完，胖乎乎的身子一下子爬到凳子上，微笑着扇动好看的眼睫毛，首先向爸爸妈妈深鞠一躬，然后一本正经地介绍道：大家下午好！我是阿强，自强的强，坚强的强，要强的强，强大的强……

阿强呆住了！这不是自己的演讲稿的开场白么？

这时，只听凯欣接着说：我是 2005 年从英国留学回国参加工作的，回来时，只是为了一个心中的梦想……

妈呀，阿丽也震惊了。小家伙竟然把整个稿子都背熟了。

然后就听凯欣声情并茂地替爸爸谈起他的理想，他的梦想：曾几何时，少年郎，赛文河畔求学忙。回国后，为我中华能复兴，洒汗水，不言苦累不怕忙。青春无敌梦飞扬，我的奋斗在路上！

还没等凯欣说声谢谢，阿强一把把宝贝抱在怀里，激动的眼泪已经流成两行，他好似跟领导跟老师表决心一样喃喃地对孩子说：宝贝，一定的，一定的，我咬咬牙，咬咬牙。

跳槽

楚大江作为人才被引进到亿利达融资公司，大家翘首以盼。

为什么？

大江是澳大利亚归国博士，所学专业就是金融学。现在经济形势很好，公司业务蒸蒸日上，公司发展需要高层次人才，有了大江这样的人加入，当然大家都很高兴。

第一次会议，总经理尚强向与会经理介绍大江，大家热烈鼓掌表示欢迎。然而，会议一结束，大江的辞职信也递到了尚强总经理的手上。

为什么？

大江没说为什么，就悄悄地离开了公司。

自此以后 10 年没有音讯。

10 年后亿利达融资公司倒闭。一个叫作利亿达的融资公司横空出世，总经理就是那个海龟楚大江！

亿利达融资公司部分员工被利亿达融资公司挖走，成了这个公司成熟的员工。

楚大江实现了两赢：赢得了市场，赢得了人才。

许多人指责大江不够意思，说他当年到亿利达是为了探听消息，偷学手艺。大江听后不置一词，莞尔一笑。

但是有一天，大江喝多了，当有人再次提到这个事情时，大江打破了多年的沉默，说出了实情：

其实我没有你们想象的那么卑鄙。你想啊，一个刚出校门的海龟，尽管是个博士，但没有金融经验，还算不得一个人才，只能是个准人才。当初亿利达看重我，我很感激，很感动，很感恩。

但你们肯定要问，既然感激感动感恩，为什么还跳槽呢？

其实我这个人也没有你们想象的那么简单。今天我主动揭秘，为什么去亿利达一天不到我就交了辞呈。那一天究竟发生了什么促使我这么快做出决定要离开那个公司呢？

理由很简单：我在会上看到了一个我十分担忧的现象。

我发现，尚强总经理向大家介绍完我楚大江后，大家热烈地鼓了掌。之后不到 5 分钟，7 个与会人员睡去了 3 个，还有 2 个茫然地看着窗外。尚总经理讲得慷慨激昂，大家却很木然。待他滔滔不绝地讲了 2 个小时后问大家有没有问题，睡了的那三个摇摇头，看窗外风景的两个哥们也摇摇头，都一言不发。

由此，我看出了这个公司最大的危机所在。

首先，经理层缺少了创业时的激情。

其次，一把手一言堂民主气氛不足。

再有，工作效率低下而且熟视无睹。

于是，我决定跳槽。我决定成立自己的公司。我决定要在公司的发展中千方百计避免亿利达公司身上存在的弊端。

最后，我成功了。

利亿达得益于亿利达，亿利达成就了利亿达。

没说的，凡是亿利达公司来我利亿达这里求职的，我照单全收。但经理层除外。

同学聚会

网上看到一个"手工活儿"的小段子，我足足笑了 3 个月。不过，我的经历与此还真的有些雷同：

早晨一大早高铁子电话就打了过来，说晚上到丽华大酒店初中毕业 30 年聚餐，嘱咐我一定要去。还说班里几位大腕都要参加呢！

什么他妈大腕？在我看来，都是些鸡鸣狗盗之徒。

我 5：30 就到了饭店，想看看 30 年过去了，我的同学们都是什么模样了。

这个大概是张吸溜吧。上学时鼻涕老淌，而且拉得老长，名字叫溪流，所以大家送个外号"吸溜"。这家伙混得人模狗样，据说做皮包公司发达了。后来开了一个什么养生生态园。其实，什么生态园，就是一个供人吃喝玩乐抽吸嫖赌的龌龊场所。你看，他是开着卡迪拉克来的，还带着个妖里妖气的小秘书。估计这小秘书就是生态园里的坐台小姐。小秘书说话嗲声嗲气，她一张口人们身上鸡皮疙瘩直起，角质层直落，那是哗啦啦淅沥沥啊。

这个应该是李坏水。这家伙人很坏，名叫怀水，上初中不到 3 个月，"坏水"的外号就叫响了。听说这家伙没嘛能力但运气好，公务员队伍里混了才五六年就依仗老岳父当上了处长。笔挺的西服，配着一条红红的领带。微胖的脸上没有一丝皱纹，只是原来浓密的头发不见了。

这个小个子好像是王嘎子，其实他原名叫王淦资，因为爱开玩笑，大家就叫他"嘎子"了。听一个朋友说他在一家删帖公司混上了公关，其实什么公关，就是接揽删帖业务的业务员。有一次，一位村支书被人在网上黑了，无奈找到公司来。经理说，嘎子，摆平。王嘎子看了看对方在论坛上的帖子，二话没说，就以"利剑出鞘"的网名给予了回敬。估计网上盛传的那篇损人的帖子就是他的杰作：

弟弟啊，你终于出来了。上次一别，手机和 QQ 都联系不上你，我就知道你嫖娼被抓进去了。现在能看到你在这里发帖子，我就安心了。兄弟，出来了就好。真搞不懂你怎么还有闲心在这里发帖子，你家隔壁张寡妇门上抹猪屎的案子破了，有人看见是你干的，你还不快去自首？还有张奶奶让我告诉你，你上次偷看她洗澡的事，可以算了，但是你必须赔她2万块钱。还有公司也把你辞退了，说你上班时间打飞机，被领导抓住好几次了，有这回事吗？村长媳妇的乳罩被人偷了，也怀疑是你干的，你最近还是不要回村了。你四叔也在到处找你，说自从你上次在他家鱼塘洗完澡以后，草鱼鲫鱼胖头鱼全都死翘翘了，拿去医院检查，人家医生说是食物中毒。刘姥姥又去你家要钱了，说你去年在她家偷的矿泉水瓶子还没赔钱。你家里人都说不管你了。也就我好心告诉你，你别再发帖子啦，快跑吧！

这也真够损的！

对方见了他的帖子，知道遇上高手了，不敢恋战，立马偃旗息鼓，吹灯拔蜡，溜之大吉了。为此公司奖励他好几万块，按字数计算，这帖子的稿费比诺贝尔奖高多了。

晚上6：00，陆续来了二十多人，有自觉混得不好的就不好意思来了。我混得不好，但是积极主动地来凑凑热闹，我想这里也许会有一些机会。

一张大桌能坐25人，大家落座，互相辨认，互相寒暄，互相打闹，十几个女生更是叽叽喳喳说个不停，闹个不停，笑个不停。张溪流、李怀水、王淦资是座上的明星，一个个牛皮呵呵，吹得天花乱坠，大家投去羡慕的目光。我坐在一边，默默无言，看着他们说笑，感觉很无聊。于是主动站起来夸张地拍拍他们，然后跟他们一一握手，谦卑地底气有些不足地自我介绍：鄙人，甄功夫。还记得我吧？

李怀水嘿嘿一笑，不怀好意地说：要是我没记错，这个就是咱们班主任在毕业鉴定里写"手脚灵活"实际上是有点小偷小摸的甄兄弟吧？现在您老人家做点什么啊？

我不好意思地答曰：做点手工活儿。

手工活儿？呵呵呵，哈哈哈，屋里似乎炸了锅，女的扭着苗条的身子放浪地笑着，男的歪着胖嘟嘟的大脸肆意地咳着，那叫一个秩序混乱。

我就更不好意思了。落寞地旁边坐下，无言地观察着。

先是觥筹交错，后是丑态百出。那个嗲声嗲气的女秘书一个个敬，只喝得自己小脸绯红，摇摇晃晃。再看班里的其他女生一个个也喝得双眼迷离，色欲浓浓。

喝了5个多小时后，要到12：00了，有个略微清醒的人才提醒说：好啦，没有不散的宴席，大家下次再聚吧。服务生，来，结账！

早就等得不耐烦的服务生过来，大声说：总共消费5681元，81元免掉，请交5600元。您哪位交？

张溪流、李怀水、王淦资一听说交费，个个酒醒了三分，纷纷主动取自己的钱包：我来，我来！倒是争先恐后。但是，费了九牛二虎之力，搜遍所有衣袋，嘿嘿，钱包愣是没有掏出来。咦，钱包我带来了呀？

看他们那个窘迫和尴尬的样子，我还是忍不住发了善心：还是我来吧。

我唤过服务生，背过身去，从上衣肥大口袋几个钱包中摸出一个厚厚的钱夹，从中抻出一沓人民币：结账！服务生迅速地数了数，5700元，这是找您的100。

我潇洒地挥了挥手：不找，小费的干活。服务生赶紧鞠了一躬，谢谢您。

妈的，本来想秀秀我的手工活儿技艺，没想到这些家伙如此无聊。呵呵。

于是，我头也不回高傲优雅义无反顾地离开了那个直到现在还目瞪口呆一片缄默的房间。

同学来电

你看，又是他的来电，真是烦透了！

张强拿着手机，让我看来电。对方似乎很执着，张强已经挂断很多次，对方依旧一次次打进来。

我问：是谁的电话？你怎么不接？

张强又一次挂断电话，然后苦笑着说：是我初中时的同乡同学。

我问：同乡同学应该是最亲密的关系，怎么还这么生分？

张强说：你要是有这样的同学，会更生分。

我说：怎么回事？

张强沉吟一会儿，说出这么一段隐情：

我这位同学叫黑子。他上学时学习不咋地，总抄我的作业。有一次抄作业让老师发现了，可黑子说是我主动让他抄的。你说这不是害我么？得亏我学习成绩好，老师疼爱有加，没有追究，私下放我一马。自那以后我再和他打交道就十分小心格外谨慎了。

初中毕业后，我俩回乡务农，这家伙比我小一岁，但是出身比我好，生产队长认定他思想觉悟比我高，就任命他当我的组长。他当了组长颐使气指，大有不可一世的气象，整天吆五喝六：强子，你去干这个。强子，你去干那个。有一次，他亲自布置几个小伙伴去偷林场的鸭梨。在穿过一片青麻地时有几个伙伴被抓，黑子毫不犹豫地供出了本来已经逃脱了的我。因为是偷梨未遂，大队里又放我一马。但是自此以后我对黑子就敬而远之了。

哪想到后来我当了公务员，他搞起了民营企业，两个人又有了交集。

我一直就在这个部门上班，你是知道的。上个世纪90年代我已经做了处长，负责一些项目的审批。有一天，黑子找上门来。说请老同学务必帮忙。

我一见是他，心里就有所防备。但因为同学的缘故，又不好将他拒之门外。

黑子说：强哥，你看我办了一个日用化工厂，审批上遇到点麻烦，请你给通融一下，批了算了。

我问：你那个日用化工厂是生产什么的？

他说：是生产洗头水、洗发膏的。

我问：条件具备不？

他说：资料都在这儿。

我看了看，厂房，设备，人员，技术一应俱全。于是打电话给质量监督科，让他们会同有关科室给予审核和关照。最后审批通过了。

哪想到，由于我的轻信和大意，差一点出了大事。他这个厂完全不符合生产要求，质量上完全没有把关，据说生产过程就是把原料买来按照配方往一起一兑，洗发水、洗头膏就成了。而且每天生产都是在夜里鬼鬼祟祟地完成。

由于洗头水、洗头膏不合格，工商局根据举报查封了这个生产厂，罚了款，并追究到我这里。黑子悔恨莫及。知道这次给我添了麻烦，我真的也差点受到处分。听说黑子现在不鼓捣别的了，他的农家院采摘园搞得很好。他每隔一段时间就到我家去一趟，给老爹老娘送点地里产的东西。这家伙今天打电话来，肯定是又遇到什么难题了，我一看是他的电话，心里都怕啦！

正说着：黑子的电话又打了进来。

我劝强子：接接吧，毕竟同学一场。

强子慢慢按下电话，只听黑子说：

强子哥，你这电话可真难打。大妈她，她病了。刚刚在前院里晕倒被120送医院了。

我，也一阵眩晕。

围巾风波

翻翻日历，今日公元 2015 年 8 月 20 日。

手机铃声响起，一接电话，对方就问：是 67 号楼张先生么？

我：是。

对方说：我是圆通快递。快下楼，有你的快件。

我急忙穿好衣服，妻子静雯瞄了我一眼，嘟囔道：什么快件？

我一边关门，一边应着：我哪儿知道。

邮件取回来了，赶紧打开，原来是一件包装精美的男式围巾。仔细一看，是澳大利亚产羊毛围巾，灰底儿红格，十分雅致。

静雯问：谁寄来的？

我仔细看了一下地址，好像是南方某市，手机号处看不清楚，寄件人写的是：同学芳。

静雯眼睛睁得老大：这芳是谁？

我搜肠刮肚想了想，最后也想不出是谁。

静雯声音提高了好几度：知道今天是什么日子么？

我回答说：不知道。

静雯压住火气说：今天是公历 8 月 20 日，农历七月初七。

我说：那有什么？

静雯火了：有什么？每一年的 2 月 14 日是西方情人节，中国也有情人节，那就是七夕情人节。农历七月初七是七夕节，又称乞巧节。今天是七月初七，也被人们称为"中国情人节"。你说，正巧是在这个特殊的日子里，我的老公收到一个叫芳的人寄来的澳大利亚羊毛围巾。这有多么巧，多么好，多么浪漫，多么让人浮想联翩！

妈呀，我吓了一跳。

静雯摔门而去。

我抱着脑袋跌坐在床上。

是谁寄来的围巾呢？您这不是坑我么？

夫妻冷战半个月后，我接到了一个座机打来的电话。静雯在家，我按下了免提，只听一个男性声音说：是阿张么？

阿张？

只有我大学的同学才有这样的称呼啊。

你这家伙，找了几个同学才找到你的地址和电话。猜猜我是谁？

谁？

哈哈，我是德芳啊。

尚德芳？

是啊。东西收到了么？

什么……啊，难道围巾是你寄来的？

是啊。最近公司在澳大利亚有业务，我看到那里的羊毛围巾好，就给咱班男士每人买了一件，你喜欢就好啊。

我长舒一口气：我倒是很喜欢，只是你嫂子她……

怎么，她不喜欢么？

我看着静雯，挤挤眼睛说：要不你听你嫂子说说？

静雯嗔笑着说：去你的吧！

老板傅二

傅二继承父亲傅大做了南方资源公司的老板。

什么资源公司呢？其实就是一个收破烂的公司。父亲傅大勤勤恳恳任劳任怨风餐露宿摸爬滚打二十多年，从一车矿泉水瓶起家，把一个道边上的烂窝窝发展成市中心一栋三层楼的资源公司，现在资产达到一个多亿。可怜傅大命运不济，62岁就身患重疾撒手去了。

傅二不得已接了傅大的班。他想，我这个老板做得不能和老爹一个水平。绝不能苦熬苦劳，可以过得洒脱一点。资产拿出3000万去炒股，3000万搞个生态园，3000万搞点公益活动，1000万用于公司发展。而且我这个老板要当得气派一点，文化一点，张扬一点。

说干就干。

先把那个农村的老婆蹬了。换了个比自己小10岁的通晓汉语的俄罗斯姑娘做老婆。出外谈生意也让她跟着。大宴宾客时，小媳妇紧随身后，青春靓丽，美目顾盼，一片叫好声。气派啊！傅二没喝酒就醉了。签合同时，一律由小媳妇代劳，傅二落得个轻松自在。

企业得有自己的文化。傅二上过几天学，能随口胡诌几句，又找来个二把刀的先生总结提炼一下企业的文化。那位先生也不认真，好歹想了想，就把公司的文化理念上了墙：气定神闲，天天过年。大伙说，这理念通俗易懂，寓意深刻，标新立异，独树一帜，太好了！

大家喊好，傅二也觉得不错。渐渐地，飘飘然起来。觉得自己好像真的有点文化了。于是就让人专门搜集公司发展历程中的闪光点以及傅大和傅二企业管理方面的懿言懿行，还花了巨资找当地媒体发了不少文章，并且把文章集到一起出了一本小册子，开了管理思想研讨会，庆傅二文化专集出版，活动搞得热热闹闹。公司经营自然撂到了一边。

　　傅二觉得这样好像还不过瘾，就召集大家开神仙会。看怎么才能做得更张扬些。有个张经理提出，我看人家公司做好了，就应该做些慈善。我们可以给这个街上的70岁以上的老人每人办张健康卡。让他们有了重病可以做到免费治疗。傅二一想，太好了，你马上去办！

　　张经理一统计，这个街上有70多岁老人32人。瘫痪在床10人，重病20人，只有2个没病没灾。张经理请示，还办不办呢？傅二坚定地说，办！大家热烈鼓掌，傅二觉得很潇洒。

　　但3年以后，县里经济形势吃紧，居民消费水平下降，包装纸、矿泉水瓶、酒瓶子收不上来了。公司已经没有什么效益。

　　更糟糕的是，股票下跌，投资血本无还。生态园因为资金短缺停工，土地合同产生纠纷。

　　雪上加霜的是，俄罗斯美女媳妇带着一笔钱与不知什么国家来的一个60岁的商人私奔了。

　　最要命的是，3年里用于公益的3000万已经花得精光，十几个老人堵住公司的大门要求傅二兑现住院费、医疗费。

　　更让人生气的是，有个做包皮手术的老大爷和一个做眼睛拉皮手术的老太太闹得最凶跳着脚强烈要求他兑现承诺。

　　傅二傻了眼：难道我不能这样做老板么？

无效的短信

林生教务长到深圳出差，手机被抢了。

林生回忆，抢手机的人是一个瘦弱的年轻男人，枯黄的头发，黑皱皱的皮肤，大概只有 1.5 米的样子，那家伙愣是在他的眼皮底下抢跑了刚用了不到一个月的苹果手机。

那天下午，林生刚到深圳火车站，就在吵吵嚷嚷的出站口给 S 大学的朱院长打电话商议第二天见面的事情。太吵了，听不清对方的声音，对方也没完全听清他说的话。没办法，只好换到固定电话亭跟朱院长通话，林生报了自己的姓名，并告知了自己的手机号码。两人约好第二天早晨 8：00 在林生下榻的皇家饭店共进早餐。

哪承想，晚上 9：00 一个电话打过来，对方说：因为院里有其他安排，跟朱院长的早餐时间提前到 7：30。林生问：请问您是？对方答曰：办公室秘书，叫我小牛即可。您有什么需要，请您吩咐。林生刚才还因为时间变化有些不悦，听了这话，心里温暖不少。

第二天早晨，林生早早地在餐厅门口等候。7：20 左右，小牛秘书的电话打了过来，林生一接电话，对方就看到了他。林生见只有他一人前来就问：朱院呢？小牛秘书笑着说：一会儿就到。我现在就给他打个电话看到哪里了，路上有些堵。说着，拨了一个电话：喂喂喂……手机信号太不好了。这破手机也该换了。要不，您的手机我用一下。林生毫不犹豫地把手机递给了这个牛秘书。

牛秘书夸张地拨了一个电话，夸张地喂喂着，夸张地埋怨着信号，夸张地四周走动着，然后夸张地拿着手机就溜掉了。

待林生醒过神来，那个所谓的小牛秘书早已经跑得无影无踪了。

好在同来的还有小李。林生赶紧用小李的手机给夫人打了电话，告诉她手机被盗，身份证也落在家里了，请她 8：00 上班后拿身份证赶快到电信营业厅办理停机和换卡手续。

8：20，同事小李的手机上显示短信：新的手机卡已经办妥，原卡作废了。待你回来再用吧。

谢天谢地。林生急急忙忙办完深圳的事，满心沮丧地回到了学校。

买了手机，装上新卡，一看短信，妈呀，吓傻了。

手机上的余额显示已经达到了1万元。

再看短信，一个又一个莫名其妙的短信让他的头皮发炸：

短信一：教务长，手机真的欠费了？上班后我给你充上200元。林生心中温暖。核对号码，是副处长小解。

短信二：哈哈哈，你暗恋我多年？快拉倒吧，老同学，你早干什么去了？想当年我追你的时候，你正襟危坐，目不斜视，和尚一般，这时候想起什么来了，晚喽！林生不禁心里一惊。核对号码是师范时的老同学黑玫瑰。

短信三：真有人举报我？让我周一去自首？这一切都来得太快了。我知道善有善报，恶有恶报，不是不报，时候未到。我把持项目审批权太久了。起初还按原则办事，后来就按人情办事了。那些不跑不送的就是符合条件，该办不办。那些又跑又送的就是不符合条件，不该办的也办。兄弟啊，不瞒你说，这五六年间，人家给我送的票子车子房子真有上千万之多。我自知罪孽深重，我进去后，你一定照顾好我的儿子。他学习不错，如果考到你们学校，一定替哥哥照顾好。拜托了。天啊，林生差点晕倒。核对号码，是市发改委一处简处长。

妈的，都是那个混蛋牛小秘搞的鬼！不到一个小时他竟然发出了那么多短信。林生突然明白了，牛小秘肯定是在那张卡废掉之前分门别类发了短信。搞不清是男生和女生的，就发一个：你好！我手机欠费了，请帮忙充值！看看名字像女生的，就发一个：你好，我已经暗恋你多年了。我爱你！看着有职务标示的，就发一个：有人举报，下周一到纪委自首，争取宽大处理。

林生不敢迟疑，赶紧群发了一条短信：

朋友们，最近我的手机丢了。我的机子上所发短信均告无效。对不起朋友们，也谢谢朋友们了。

俺师傅

城市晚报有个文苑专栏，对，你猜对了，我就是这个专栏的记者大鹏。

听说本省 H 市有个民间文艺团体叫文苑艺术团，玩得很嗨，搞得很火，经常到国外演出，还特别受国外的观众欢迎，连 New York Times 都给予了报道，咱这主流报纸竟然这么落后于国外媒体，岂不有些掉份儿！

说干就干！

我一大早就乘坐高铁来到了 H 市市郊，远远地看到一个大院。嗬，大红灯笼高高挂，四周彩旗哗啦啦，外人不知啥处所，以为寻常居民家。其实，这就是文苑艺术团的所在地。这是个 30 人居住的四合院。中间放着一个一人半高的水缸，水缸已经被人摸得锃光瓦亮。我一进门，正好遇上 3 个人。这三人，一个是虎背熊腰，彪形大汉一条。一个是眉清目秀，俊朗小生一位。一个是身材窈窕，靓丽少妇一枚。

我说明来意。彪形大汉一抱拳说：记者同志，欢迎欢迎。俺师傅不在，有事你问我吧！

我问：你们平时都演出些什么节目呢？

彪形大汉眼睛眨一眨：什么节目？哈哈，什么节目都演。只要观众喜欢。

我笑着说：吹牛，什么节目都演？演硬气功么？

彪形大汉不屑地说：当然演硬气功。你推推这水缸试试。

我立定身子，双手用力推推水缸，我身子摇三摇，可缸体一动不动。

彪形大汉双眼圆睁，高喝一声，随后一只大手推向坚如磐石的水缸。水缸开始晃动起来。待缸体停滞不动时，说时迟，那时快，彪形大汉另一只手又推了过去，缸体又开始摇晃起来。如此反复十多次，彪形大汉围着缸体一把把推着，里面的水哗啦啦作响。看得我呆了！

轻功，上！彪形大汉话音未落，俊朗小生已经站到了缸沿上。但他不是飞上去的，不是爬上去的，而是沿着滑如镜面的缸体走上去的。正在我迟疑间，彪形大汉一声吼，下！只见俊朗小生飞身跳下，左脚一点，嗖的一声，走着攀上了西侧两米多的高墙，墙头上立定，说声：见笑啦！

我还没有回过神来，只见靓丽少妇轻摆衣裙，兰花一指，水缸上面开出一簇莲花。兰花又指，好家伙，莲花开处，三只白鸽一飞冲天！

我晃晃脑袋，摸摸脸颊，揪揪头发，不是梦啊！果真高手在民间啊！

我急忙问：你们这些玩意都是跟谁学的？

三个人异口同声地说：俺师傅！

我很好奇地问靓丽少妇：您真是跟师傅学会这些东西的？

少妇脸上飞起一片红云：是啊。俺天天陪着师傅吃，陪着师傅睡。跟着师傅学，跟着师傅练。

啊？一听这话，我来了精神。这采访有料啦。

我掩饰住内心的兴奋，不动声色地问：还陪师傅睡么？

俊朗小生一听不怀好意地笑起来。

靓丽少妇红着脸低声说：你讨厌！

彪形大汉虎着脸粗声大气地对我说：你这白脸儿，想哪儿去啦？这是俺师娘！

县长出事以后

听说郑县长出事了。

这消息私下传播开来，像一块巨石掉进平静的湖心，波涛汹涌，涟漪不断。

与县长关系密切的财政局局长办公室门窗紧闭，夏局长一支又一支中华烟抽着，屋里烟雾弥漫，浊气熏天。几天里，副局长和科长们有急事也不敢去禀报。

郑县长主管的审计局葛局长心神不定，手脚忙乱。来请示工作的一位科长说，让葛局长签发准备下发的文件，一向认真仔细谨慎的他竟然签了这样四个字：同意呈报。

郑县长主管的发改局班局长请假回了新疆乌鲁木齐，说是他的婶子的嫂子的表姐的老娘病故，让他回去忙乎忙乎。家里老人故去，不准假是不人性的。常务副县长还是准了他的假。

郑县长主管的环保局斯局长请了病假。他说3年前检查出了慢性支气管炎。由于这些年环保检查任务重，没有好好休养。想请假1个月时间回潍坊老家休养。有病得允许人家休养，不然在岗位上出了事，还得算工伤。常务副县长也准了他的假。

大家想：郑县长出了事，肯定是大事。

虽然大家还不知道出了什么事，但县政府机关楼里明显有些变化。

你看，那些秘书们没有了平时的嘻嘻哈哈，打打闹闹。走路轻轻，说话也轻轻地。

你再看，有点姿色的大姑娘小媳妇们马上脱去了漂亮的裙装，换上了严肃庄重的职业装。

半个月后，政府办公室正式对外发布消息：郑县长在一次外出云南考察的路上遭遇车祸，经全力抢救已无大碍。现正在康复治疗中。

夏局长打开门窗，立即召集副局长们和科长们开会，商量下一年度的行政预算问题。并指示办公室给郑县长家里打电话看看有没有需要帮助的。

葛局长精神抖擞，气定神闲。一位科长来请示工作，报告上有一标点点错，有一个字写错了，局长一一画出来。他没有生气，没有指责，只是说：办文如何小心都不为过。要仔细仔细再仔细，认真认真再认真。他指示科长问一下教育局，看看县长的孙子在哪个学校上学，县长受了伤，家里肯定忙不过来。你们也派人接送一下。

班局长在新疆听说郑县长是出了交通事故，电话里一个劲地埋怨局办公室主任说：你们都是干什么吃的？连消息都搞不准。赶紧在网上给我订回程机票！办公室主任委屈地说，县长的事我们哪里搞得清楚。您那里不是有事么，怎么说回就回了？班局长说，事再大能比县长受伤的事大么？听说县长在省上住院，你给我订省机场的机票吧。

斯局长也听说了县长受伤的事情，赶紧给副局长打电话说：你们赶紧给我订回程的高铁车票。副局长说：您不休养了？支气管炎好了么？斯局长说：还休养什么啊？你们有脑子么？支气管炎又不是什么要命的大病，休养几天也就缓解了。郑县长那里才是大事。对了，你看看，郑县长那里陪床的人手够不够，派两个人过去。要身体好些，脾气好些，做事体贴些的啊。

紧张气氛解除了。机关里又恢复了往日的欢快气氛。

年轻人又嘻嘻哈哈打打闹闹起来。

大姑娘小媳妇们的职业装没过几天又换回到了裙装。天热起来后好像又多了一两件年轻的吊带裙。

有人看见，省城医院里一位吊带裙还笑嘻嘻地捧着鲜花儿看县长来着。

现身说法

上高中时，我们的张校长强调教育工作需要现身说法。

起初，我们不理解。后来发生了一件事情，让我们记忆永远深刻。

记得那是冬季的一个上午。张校长跟一位副校长送我们30个学生到北京参加冬令营。天气很凉，大家穿得暖暖和和，张校长还戴了一顶非常时髦的带帽檐的呢子帽。

火车开动后，张校长和副校长把我们拢到一起说：同学们，我们前方需要中转的车站是全国最大的中转站，上下旅客非常多，客流量大，小偷也多，希望同学们千万小心，自己的钱包和手机不要让小偷给顺了去。

话音未落，同学们都不由自主地用手摸摸自己的口袋：手机和钱包都在，都还好好的。大家挤挤眼，都觉得校长是有点过分小心谨慎有点太神经过敏：哪里那么多小偷？

中转的火车站到了。师生们跟着熙熙攘攘的旅客下了车。下车的时候，我看见身材魁梧的副校长用手拍了一个瘦猴儿一样的小伙子后背一下，小伙子回头看了一下副校长，好像也没怎么计较。但副校长好像很计较，不依不饶，一把拽住瘦猴儿，拎着那个家伙下了车。我们对副校长的做法很不满：干嘛欺负人？

下车后，张校长在站前广场发布指令：现在集合！同学们，我现在就来个现身说法。

大家一愣：什么现身说法？

校长说：同学们，刚才我告诉大家说要当心小偷，当心自己的钱包和手机不要被小偷掏了去。可能大家认为是多此一举。是不是？

大家说：是。

校长大声说：好！我告诉大家，我的钱包和手机现在都被小偷摸去了。

啊?！我们都大惊失色。

校长说：你们知道钱包和手机在谁的身上么？

大家说：不知道。

校长挥挥手对副校长说：把那个家伙带过来吧。

副校长把瘦猴儿拎过来，说：掏出来吧！

瘦猴儿不很情愿地把钱包和手机都掏了出来，但辩解说是从地上捡的。

副校长瞪着冒火的眼睛说：捡的？我一上车就盯着你，你动手的时候，为怕你趁乱跑掉，我拍了你一下，给你身上留下了印记。说着，他让瘦猴儿转过身去，随即从瘦猴儿的后背上揭下一个即时贴，上边醒目地写着"小偷"两个字。

瘦猴儿一看，辩解说：那有什么？你在车上可以把那个东西随便贴到张三李四王五身上。

副校长：你！

张校长呵呵一笑，摘下自己的呢子帽，从帽檐后边取下一个纽扣大小的东西，做个鬼脸说：要不咱到派出所去看看录像？

瘦猴儿一听，立马瘫了下去。

我们简直佩服得五体投地。

校长大手一挥：这家伙就交给派出所处理吧。同学们，北京之行，祝你们一路平安啊！

小老板

天方贸易总公司的老板是个 30 岁刚出头的小伙子，是个典型的富二代，读书不多，但做买卖有一套，一年少说也能赚上一两千万。

这小老板不是文化人，但对文化人显然有一种天然的蔑视感，时不时拿文化人开涮。

一天中午，他跟当地的一个文化学者在家里聊天，聊西周，聊战国，聊秦汉，聊隋唐，自然聊不到一块儿。于是就开始讽刺挖苦那个学者，说你读那么多书，识那么多字，掌握那么多文化典故有什么用？你看我家里吃的用的玩的样样精到，你比得了么？说到兴奋处，随手拿过一双皮鞋，你看这皮鞋是人家从美国带回来的，你看这款式这皮子这光泽比国内的不知要好多少倍。对，这还有英文呢，你自己看看。

学者谦卑地拿过皮鞋，无比崇敬地看了看：Made in China。不禁哑然失笑，但没有吭声。

小老板一看学者没有说话，更为得意，就搬过来一个瓷器。说这个是观音瓶，器型硕大，做工考究，胎质细密，釉色厚重。专家有过鉴定，这是件夏代的器物。我当时花了 10 多万呢。学者心里一惊：夏代？这个朝代连出土文物都少见，哪来的瓷器？看来是被人忽悠了。这么想着，但他仍然没有吭声。

小老板越发得意。起身从卧室一个红木的柜子里取出一个画轴。他说，我让你看一件绝品。这是书法大家王羲之的大作。我是前年花 2000 万从别人手里勾过来的。

学者赶紧起身，仔细观瞻。是否真品，不敢断定。王羲之是否写过这两个字也不好说。但字确实写得很好。作品只有两个字：朝暾。上边确有王羲之的落款。

小老板揶揄说：你说你一个学者有嘛用处？书生手无缚鸡之力，肩不能担担，手不能提篮。奋斗一辈子，连这么张纸都挣不来，你说惭愧不？

学者点点头：惭愧，确实惭愧，惭愧至极。

小老板还不依不饶：你们这些酸懒文人啊，人生糊涂识字始。依我看，读书嘛用没有。

学者不紧不慢地说：那倒未必。

小老板像被火苗燎了一下：你说什么？

学者坚定地说：读书还是有点用的。最起码心里明白。

小老板不解地说：明白什么？

学者盯着作品：比如这两个字。

小老板更加不解：这两个字怎么啦？

学者抬起头问小老板说：这两个字怎么念？是什么意思？

小老板嗫嚅着说：这，这，这，我还真不知道。

学者笑出了声：不知道你收藏它干什么玩意？

小老板红了脸，耷拉下头，过了好半天才说：唉，你说得对啊。我这辈子就这么着了。但我的儿子不能输在起跑线上。要不这么着，孩子拜您为师，一周您给他上一次课。价钱咱们好说。

学者哈哈一笑：上课那倒不必了。有事你找我就成。咱们微信联系也可以。

小老板掏出手机说：那也好。

学者也拿出手机，问小老板：你的微信号是多少？

小老板看着手机说：达不溜，勾，西，2033.

学者满脸疑惑，说：你这是什么号？

小老板自信地说：我平时用的就是这个号。您看！

学者拿过手机一看，气得嗓子冒烟。只见上面写着：wjx2033.

邂逅

文才生在东北山乡，很聪明，高中毕业后就成了家，很早就有了女儿文华。

因为需要养家糊口，需要找个像样的工作，也好有个像样的收入，但是打了十几年工以后都快40啦，好像一切并不如意。

然而，后来的一系列邂逅改变了他的生活。

有一天，他来到人才市场，找到一家IT公司，人家问：懂IT技术不？文才摇摇头。来到大学招聘处，人家问：有文凭不？文才说：我高中毕业。招聘老师一脸不屑。来到城管部门，人家问：是大专毕业么？文才发狠地问：为什么是大专啊？人家笑笑：你看看哪家部门招聘不是要大专以上啊？

文才吐吐舌头，乖乖！

苦闷至极。一起打工的老钱看出了他的心思。老钱挤挤眼说：就你这个聪明劲，弄个假的学历不就成了么？

假学历？哪里去弄假的啊？

你这呆子。你到东风街上看看，电线杆上到处是卖文凭的广告啊！

对呀，文才次日一大早就来到东风街上。好家伙，电线杆上的广告贴得严严实实。文才随便找了一个作证书的广告，小心翼翼地把电话号码记了下来。

打还是不打这个电话呢？文才心里矛盾着。

又过了一天，文才终于下定了决心。一个电话拨了过去，对方显示忙音。嚯嚯，这家伙还挺忙！

再拨，还是忙音。看来业务不少，有门儿！

又一次拨过去，这次接通了。

文才：先生，您好？

文凭贩子：您好。请问您买什么证件？

文才：我想买个大专以上的毕业证。

文凭贩子：是大专，大本，硕士还是博士。都可以做。而且价格都一样，800元一件。

文才：我，我，我还是来个大本吧。

文凭贩子：我说哥们啊，现在谁还买大本啊，干脆一步到位来个硕士吧。

文才：这行么？是不是高了点啊？

文凭贩子：高什么高？你没听说本科不如狗，硕士遍地走吗？说说你擅长文科还是理科？

文才：我上高中的时候是文科好些，特别是外语好些。

文凭贩子：那好吧。给你做一个英语专业的硕士吧。但说好，这个是双证齐全没有档案的。双证是有毕业证、学位证，但没有人事档案。一周后晚上7：00，在人民公园门口见面。一手交钱一手交货。

文才把自己的姓名、出生年月日、身份证号等信息用短信发给了贩子，满心欢喜地在等着自己的硕士文凭的到来。

一周以后，文才来到人民公园。文凭贩子如约而至。只见贩子戴着黑皮帽子，戴一副墨镜，一副黑色手套，一袭黑色披风，一双黑色皮鞋，稍微露出的脸色也是黝黑黝黑的。"黑色的衣服，黑色的买卖，黑色的勾当啊！"文才心里这么想着。

贩子掏出一个牛皮纸袋子，对文才说：告诉你，这学历不能在咱当地使，你要走得远远的啊。

文才一边检查着学历和学位证书，一边应着贩子的话。其实他也没见过大学硕士学历和学位证书什么样儿，说是检查不过是怕受骗上当，做个样子给对方看罢了。

别过贩子，文才忐忑不安地揣着文凭离开了人民公园，心里一直盘算着到哪里去使这文凭才好。

第二天，文才只是说要到外地去打工，就告别了妻子和已经上了高中的女儿文华，坐着火车奔向了西部某省城C大学。

到了C大学，文才一路扫听着到了人事部。那时西部各个大学还缺人才，特别是外语教师。文才向人事部部长说明了来意，说自己刚刚在某校外语专业硕士毕业，想在学校谋个教职。人事部部长摘下老花镜，站起来高兴得像个孩子似地握着文才的手说：太欢迎你了。

文才心虚，嗫嚅着说：您看我这学历、学位证都在，但是档案一时还过不来，不要紧吧？

人事部长说：不要紧，不要紧，档案不急。先上班吧，你先填个表。

小心翼翼填好表，按照部长的指点，又来到教务处。教务处长说：太好了。我正愁着英语文学专业的基础英语课没有人教呢。

就这样，文才在学校里被安排住进了教师公寓。

但是，文才知道这大学住进来容易，能够待下去难，要是能够长期待下去更难。

好在文才还算聪明。原来的英语学得不错，教的又是基础英语，文才备课又特别用功。人家新来的老师晚上敢去看电影、泡歌舞厅，他不敢去。每天备课备到深夜3：00。第二天，现趸现卖，把课讲得深入浅出，竟大受学生欢迎。

学生没有看出破绽，文才暗自庆幸。不仅如此，后来教务处搞了个评教评学，文老师竟然全系第一，被评为"最受学生欢迎的教师"。教务处长见到他，笑脸如花，跷起大拇指夸道：人才啊！

文老师更不敢怠慢，工作更加努力，不到一年，当上了系副主任，学校还破例给分了四楼一室一厅的房子。虽然楼层高了些，但毕竟是在城市里啊。美好的生活在向自己招手哩：将来把妻子接过来，女儿文华也可以来这里读书，一家人团团圆圆，和和美美，幸幸福福……文才憧憬着。

然而，一年后文才遇到了大麻烦。

原来，按照高校的规定，一年后所有的教师需要转正定级。人事部部长通知他：小文啊，你该把档案转过来啦！

哪里有档案啊？

人家贩子说过的，只有学历学位证书，不给做档案的，就是有档案也是假的么？文才犯了难。一切的美丽，一切的愿景，一切的理想都成了幻影。

在街上转了几天后，文才只好向学校坦白自首：对不起，我没有档案。我这个硕士是个水货，文凭是大街上买来的。

假的就没有办法啦。学校提起公诉，文才以诈骗罪被判一年徒刑，并收回违法所得。

文才进去了。终日以泪洗面，不安，焦躁，悔恨，愤怒，复杂的情感交织出现。可是，偏偏命运弄人，这时他遇到了一个特殊的人。

同号子里有8个人。其余6个都是小偷小摸、抢劫强奸进来的，个个粗不可言，俗不可耐。唯有一个人眼镜老厚，头发溜光，他说自己是因为媳妇出轨，他把第三者打成重伤，判了 3 年进来的。那个人很少理他们几个，只是抱着本书在那里嘟啵，后来一打听，他是大学里教德语的老师。文才一听，不禁肃然起敬。心想，跟他学上几招，出去后可能还有口饭吃，兴许还能有口好饭吃。

这样想着，就和那个德语老师亲近起来。德语老师跟他讲德国的先进、现代，特别是德国的科学技术和职业教育等等。文才不愧是文才，了解的很多，学习得很快，要到出狱的时候，他记住了德语老师告诉他的话：德语是一门难学又好学的语言，德语也是一门越学越轻松的语言。文才还记住了德国最著名的几十所大学。因为这些对他至关重要。

他出狱后第一天就给以前的文凭贩子打了个电话。

文凭贩子电话里问他：那个硕士文凭还好使吧？

文才阴冷地回答：好使。

文凭贩子问：现在哪里高就呢？

文才说：刚从里面出来。

文凭贩子沉吟一会儿，说：那你找我干啥？

文才说：给我做个外国的文凭。就做个德国耶拿大学德语硕士文凭。文才开始给那个土老帽介绍耶拿大学：耶拿大学创办于 1558 年，是德国最古老的大学之一，全名耶拿市弗里德里希·席勒大学，是一所公立大学。

文凭贩子听得晕头转向，他说：放心，一定会把证书给你做出耶拿大学水平。

一周以后，文凭贩子把学位证书拿来了，确实完美无缺。德国是单证制，不像我们，还有毕业证书。这些文才在里面都打听清楚了。

拿到学位证书以后，文才没敢跟家里人联系，就连夜坐火车到南方去了。他心里已经有了一个目标：S 城的滨江外国语学院。

来到滨江外国语学院，文才似乎比上次求职自信了很多。还是那样一个流程，不过人事部部长很年轻，教务处处长也很年轻。一番交谈后，很快在德语系给他安排了教职：基础德语课。

好像两年前的镜像又倒回来了，不过那次是英语，这次是德语！

第二天，文才走上课堂。课代表文华把学生名单递到文才老师的手中。在传递接过名单的一刹那，文才、文华两个人的表情凝固了，眼神凝固了，呼吸凝固了，爷俩竟在这里邂逅！

文才差点在讲台上摔倒，他整理一下情绪，强打精神，自己也搞不清这第一节课都讲了些什么。

文老师第二天就失踪了，这成为滨江外院的一个新闻，也成了一个谜。

知道这个谜的有文老师，当然还有他的女儿文华。因为文华收到他的父亲写给他的一封信。信是这样写的：

亲爱的女儿：

我走了。走到一个能靠诚实劳动自食其力的地方。

看到你和你的同学们，爸爸才知道自己错了。一个靠自欺欺人的人是不能够立足这个社会的，我不能耽误你们的学业，不能耽误你们的前程。对不起。

希望我的闺女不要学爸爸。在学校里一定脚踏实地，立志长远，认真读书，刻苦钻研，学到真知识，掌握真本领，做一个对家庭、对社会真正有用的人。

爸爸再次说声对不起。

不争气的爸爸　文才

心中的谜团

老父亲在机场转机去深圳。还有一个多小时才能登机，他自己就在临时休息室内小憩。他虽然已经九十有一，但很自立，出行坚持不带随从，自己的事情自己办。老爷子突然感觉有点饿，就要份豆浆，还要了一个蛋糕。但毕竟年岁大了，喝豆浆时手不停地抖动，努力了若干次，碗边也挨不到嘴边。地上、桌上洒了不少豆浆，老爷子很尴尬，服务员远远地看着却无动于衷。

这惹怒了一位大汉。

就见旁边的座位上噌地站起来一位四十多岁的汉子，他冲着服务员吼叫一声：笑什么笑你？拿个勺子来！

服务员吓了一跳，赶紧转身进吧台里取出一个汤匙，哆里哆嗦地交给了大汉。

大汉小心翼翼地把小勺交给了老爷子，老爷子微笑着冲大汉点一下头，自顾自地喝起豆浆来。

豆浆喝完，老爷子冲着大汉摆摆手，示意他坐到自己身旁。

于是爷两个就有了这么个聊天：

老爷子：哪里人？

大汉：山东。

老爷子：原来干什么的？

大汉：处长。

老爷子：现在呢？

大汉：无业游民。

老爷子：因为什么？

大汉：生活作风错误。

老爷子蹙蹙眉头，哦了一声。

老爷子又问：还想干点什么吗？

大汉：做梦都想。

老爷子：那好。我是台商。有个新开的纺织公司需要总经理。你明天就可以上任。

大汉：这……谢谢您。那我明天就去报到。

于是，第二天，深圳仙女纺织公司迎来了一位新的总经理：张大强总经理。当然，我这个工作不很得力的原总经理退降到副总经理协助张总经理工作。

张总经理人很幽默，管理能力不得了。上任伊始，定岗定编，明确责任，明确目标。以身作则，严格自律，深入车间，调查研究。制定措施，提升技术，严格考核，奖勤罚懒。一年后纺织公司大变！

作为副总经理，我真心实意地辅佐张总经理。但是，心里对张总一直也留着芥蒂：毕竟他是犯有生活作风错误的人。

纺织公司里除了管理人员，大部分是女工，而且漂亮女人不少。我留心观察着张总的一举一动，一言一行。

一年过去了，平安无事。

两年过去了，无事平安。

见过张总夫人，靓丽女士一枚。一天，张总的孩子过来了。嗬，小伙子，生得眉清目秀，一表人才。

张总到底犯过什么生活作风错误呢？我一直想解开这个谜团。孩子走后，我的好奇心上来了。

我问：您就这一个孩子？

张总：两个。这是老二。

我问：您离过婚？

张总：就一个老婆。

我眨眨眼：那您出过轨？

张总：你想哪儿去啦？没那爱好。

我不解地问：那您是因为什么生活作风错误被双开的呢？

张总转过身擦擦泪眨眨眼又笑了笑：还不是因为超生了这个老二！

新来的院长是谁

有的大学里文人相轻很厉害。

我暗地里观察，我所在的文理学院这个情况就比较严重。一是不同学科相轻——理科看不起文科，文科看不起理科，相互不买账；二是行政人员和专业教师相轻——有的行政管理人员认为你应该听我的指令，专业教师认为我是学校的中坚力量，没有教师哪有你什么行政？三是一般管理干部和中层以上管理干部相轻——部分中层以上管理干部官僚主义严重，论职级比资历讲排场，个个颐使气指，神气活现，而一般管理干部表面上唯唯诺诺，服服帖帖，其实心里不服：牛什么牛？咱换换位置看看？

我的同事康老师43岁零5个月，论年龄我该喊她康姨，但那样就把她喊老了。我平时私下里就叫她康姐，但有人时特别是有陌生人或学生在时总是夸张地叫她一声：康教授——尽管此时她还是康副教授。康姐呢，好像对这称呼也很受用，总是笑容满面，笑容可掬的。加上康姐身材苗条、貌美如花，人们看见笑着的康姐常有如遇甘霖、如沐春风的感觉。

但康姐实际生活中却是另一个模样。她常常愤世嫉俗，关键是仇变仇知仇富仇官之心盛大。

康姐天生不赞成或者根本反对任何意义上的改革，不论这改革对事业有利还是没利。前些年院里对老师的绩效进行考核改革，她是极力反对坚决反对誓死反对的人之一。但是终究反对无效，改革还是推了下去。最后康姐考核名列前茅，成功晋升副教授，成为改革的受益者之一。

康姐的专业是人力资源管理。如果谁当着她的面提某某在人力资源管理领域理论上有什么建树，她常常不屑一顾：他们有什么了不起？就是占着好的资源多些而已。但她自己还是玩了命地考完硕士考博士最后在40岁时考入一著名重点大学取得了人力资源的博士学位。不仅如此，她还督促他的硕士老公管理系主任区华到京城某校读了一个在职的管理学博士学位。当儿子重点大学毕业想参加工作时，她暴跳如雷，咆哮大骂：没出息的东西？上什么班你？给我老老实实上学做学问去！儿子吓得不轻，最后规规矩矩随了妈妈的愿，考到南方一所大学读研究生去了。

康姐对什么比尔盖茨、李嘉诚、王石、潘石屹等富豪更是不屑一顾。她认为凡是发财致富的都是投机倒把、钻法律空子的人，对这些人，教师应该批判，学生应该批判，媒体应该抨击，社会应该抨击，国家应该打击，政府应该打击。不过康姐私下里到处走穴讲课、做项目、拉生意还是赚了不少银子。尤其是前些年投资买了 4 套房子，现在论市场价也值个六七百万。每当我提起这个事，她脸上无不洋溢着得意和骄傲的神情。

康姐总是对当官的比较反感，不论是大官还是小官。我提醒她：你老公可也是官啊？她不满地说：他算什么官？不过是一个最基层的无职无权的系主任而已！要是论才华，论能力……突然，她爆发了，大声喊叫着：我告诉你，小陈，当官的没有一个好东西，当官前跑跑跑，当官后送送送，台上是孔繁森，台下是王宝森！没有一个例外，我是看透了。

我正不知道怎么接她的话时，办公室乔主任通知：上午 9：30，三楼大会议室，市委组织部来人宣布新的院长任命。

新的院长？新院长是谁？还没等乔主任走出屋子，康姐便再次爆发了：什么新的院长？我看八成是礼送够了不好不安排了吧？这个新院长肯定是个不学无术、不通人情、不说人话、不出人气、不干人事、不吃人饭、不拉人屎的混蛋！

妈呀，听她这么一通乱骂，我们几个同事个个面面相觑、白眼直翻。

会议开始，任命正式宣布：经市委研究，提任区华同志为文理学院院长！

幸运

小说一般是虚构，下边讲的却是个真实的故事。

我有两个高中同学：张利和边庆。两个都是勤劳本分的庄稼人，60岁了，都有了欢蹦乱跳的孙子。

张利前些年一直在外边打工，一年挣个万把块钱，家里有了5万块钱的积蓄。小日子过得舒舒服服。

边庆呢，一直守在村上，给老张家的磨坊打工，一年有个几千块钱的挣头，家里没有什么存款。但粮食自己打，生活也还过得去。每天含饴弄孙，日子过得快乐祥和。

但天有不测风云，人有旦夕祸福。3年前一次镇上肿瘤医院癌症筛查，两个人同时查出肺癌，而且都是中期。

听到这个结果，两个老汉以及家人彻底崩溃了。

医生拿着片子跟家属说：这种癌分为两个类型。一种是小细胞肺癌，还有一种是非小细胞肺癌。小细胞肺癌患者主要用化学疗法治疗，外科治疗对这种类型肺癌患者并不起主要作用。外科治疗主要适用于非小细胞肺癌患者。

家属听得头都大了，问，我们这个属于什么类型？

大夫说，都是非小细胞肺癌，由于是中期得手术治疗。看看你们是在这里手术，还是去外边手术？家里商量一下拿个意见吧。

考虑到家里的经济承受能力，边庆决定留下来，就近把手术做了，也减少一点家里的花销。

一想到家里还有5万块钱存款，张利有点气粗，他跟大夫说：我还是到北京的大医院去手术吧。

于是，边庆留了下来。次日被推进手术室，当时家属被告知手术很成功。但3个月后，边庆到那边报到去了。

经历一番周折，张利到了北京某医院。医生检查后说：必须手术。先交 6 万块钱押金吧。张利眼睛睁得老大，他一想我治个病，还要拉上 1 万块钱饥荒，拉倒，不治了。

于是，张利返回家中。开始吃些中药，生活上很注意照顾自己，哪承想，3 年后的今天，他仍然健在。医院检查，竟然有奇迹发生。

这不，就在刚才，他还用力捶了我一拳。他说：我还不想走哩。

我揉揉他打的地方，挺疼。

我晃晃脑袋，揉揉眼睛，看见他笑眯眯地站在那里，依然童子般顽皮。

他没手术，是一种幸运。我想。

不是钱的事

阿磊开车十几年也算是老司机了，开着开着胆子就大了起来，没想到这天就出了事。

原来朋友阿民的弟弟结婚，婚礼上，阿民敬，阿民媳妇敬，阿民的弟弟敬，阿民的弟媳敬，不知不觉就喝过了三两，不胜酒力的他已经有些微醉，他自己劝自己：挺住！你给我挺住！

但是，挺不住了。没有过一会儿，就天旋地转起来，看看新媳妇，好像是两个人，心里就不由得愤愤不平起来：小兔崽子，什么东西！敢娶两个媳妇！

其实人家就娶了一个，冤枉了好人。

下午1∶00左右，趴在桌子上的阿磊清醒了许多，抬头一看，宾客都走得差不多了，于是趁主家不注意也挪步下楼，按下遥控，打开车门，踩下离合，点火着车，迷迷糊糊把车就开出了酒店院子。

小车晃晃悠悠走在道上，阿磊晃晃脑袋，眨眨眼睛，看清了前边好像有个红车开了过来，人家紧躲慢躲，结果车还是贴了上去，阿磊一惊，下意识踩了刹车，车停了下来。对方的车躲了一下也停了下来。

红车的主人——一位优雅的男士气急败坏地开门走下车，咆哮道：你是怎么开的车？懂交通规则不？

这时阿磊酒彻底醒了。下车一看，自己竟然一直是抢道而行！

阿磊一看自己闯了祸，赶紧道歉：对不起，我的错，都是我的错。看看您的车吧。损失我陪。

红车主人检查一下自己的 C5 车，左前门只是擦破了一点皮，好像没什么打紧。

阿磊也看到了，知道对方不会太难为他。

没想到红车主人说：这样吧，你掏 2000 块钱咱们大路朝天，各走一边。

2000？阿磊一听，这明显就是讹诈，断然拒绝：开什么玩笑？不行。

红车主人立马拨通了一个电话。没过 5 分钟，一位长发红衣女士打的来到现场。

阿磊知道，这个可能是男士的妻子或女朋友。红衣女看看 C5 受损情况说：好像没有大问题，看看这位男士能出多少？其实多少都无所谓，倒不是钱的事儿。你不规规矩矩开车，抢道而行得受到惩罚才是。

阿磊放松了许多，于是笑着凑近红衣女说：还是这位妹妹说得对。是我的错，我……

红衣女耸耸鼻子，勃然大怒：原来你是喝了酒的？这倒真不是钱的事了。赔偿加倍，别客气，掏 4000 吧。少一分，咱交通队和医院见！

阿磊一听傻了眼，心想一到交通队和医院，自己酒驾这事肯定得露馅。心里不由得想：最毒不过女人心。什么不是钱的事，你不是就为钱么？他知道遇上对手了，再也不敢讨价还价，很快从车里取来钱包，哆哆嗦嗦点出 4000 元，没好气地交给了红衣女。

红衣女接过钱，还不忘教训着：告诉你，以后开车别喝酒，喝酒别开车。这不是钱的事，这是铁律铁规铁纪，希望你能记住。

阿磊心里没好气，仍然不服：装什么像？什么不是钱的事儿……

正在这时，一个失去了双腿的残疾人滑着木板车到了两个车子近前。红衣女弯下身，把阿磊赔的一沓钱全部递给了那个胡子拉碴、破衣烂衫、满身恶臭的残疾人：这点钱你拿去花。天不好时，咱可以少出来几次了。

望着残疾人划着木板车远去的背影，阿磊看直了眼，惊直了身。

疑犯

我们班教室里最近一年常丢东西。

刘东丢了一个仿羊皮书包。那是他过生日时姑姑给买的。

孟勇丢了一支派克钢笔。这钢笔是他爸爸的朋友在他升入寄宿制初中时送给他的。

王强丢了一个电子笔记本。他很后悔把那个东西拿到班里炫耀，课间一会儿的工夫就被人顺手牵羊了。

奇怪的是，宿舍里也老丢东西。不是丢一条毛巾，就是丢袋牙膏，铅笔盒丢了一个又一个。

谁干的？

我怀疑是我宿舍里的人干的，并且怀疑是那个农家子弟张力干的。

我怀疑张力是有缘由的：你看张力，父亲务农，母亲残疾，家里一个月才给他50块钱，他每顿饭买两个馒头，半个菜，早点就吃两个馒头就咸菜条，咸菜条还是月初从家里带来的。他穿得不是很烂，但一件衬衣舍不得洗，怕洗破了没有衬衣换。他作案的嫌疑最大。

班里的其他同学生活条件都好。有的同学是干部子弟，班里丢的这些东西他们都不稀罕。有的同学是商人子弟，他们家庭很富有，吃早点时恨不能买两碗豆浆喝一碗倒一碗，他们不可能做这些偷鸡摸狗拔烟袋的勾当。尤其是那个成道同学，他家是县城里的首富，家里办了两个企业，光丰田霸道车就有两辆，他的奶奶年龄大了光是保姆就请了两个。你说这些破东西他哪能看到眼里？别说是偷，你就是白给了他这些东西，他拿着都嫌沉啊。

我的口琴也被人偷了，我只是没有声张，我想自己当一把福尔摩斯。

晚上，我把新买的一把口琴放在宿舍中间的一张桌子上。大家都睡下了，我把宿舍的灯关掉。然后我悄悄地把手电筒握在手中。

12：00了，没有动静。

夜里1：00，没有动静。

夜里2：00，小偷开始行动了。

我看到一个黑影朝着那把口琴蹑手蹑脚地走去。小偷已经把口琴拿在手中。

倏地，我打开了手电筒，一束光柱照到小偷的脸上：妈呀，怎么是他？

竟然是成道！

怎么可能？

事情报到老师那里，老师让成道领着到他家里取我们一年以来丢的东西：光是铅笔盒就有二十几个！

最后真相大白：成道什么也不缺，但偷东西已经成了癖好。这癖好的养成都是他奶奶的功劳。

原来成道家里有3个姐姐，他是家里唯一的男孩。爸爸妈妈宠着他，尤其是那个奶奶对他更是有些溺爱。他要月亮，奶奶不敢给星星。在家里，他很霸道。他的东西归他所有，别人的东西只要喜欢也得归他，任何商量的余地都没有。

重男轻女我们理解，很多家庭都有这个陋习，但他是怎么养成偷盗习惯的呢？

成道的父亲痛苦地摇摇头说：是溺爱出了圈，过了线，给他养成了一个不好的习惯。成道要什么东西，特别是姐姐的东西，拿不到手就哭，就闹，就不睡觉。老奶奶惯着他，每当他要东西姐姐不给时，奶奶就哄着他说：别闹，等你姐姐上学去了，我给你偷过来。他的愿望得到了满足，但久而久之，偷就成了爱好，成了癖好，成了习惯，最终也成了我们家的一个噩梦，我们教子无方啊！

妈呀，这个故事怎么和翻译家钱歌川先生讲的那个如出一辙呢？

意料之外

近日在一市级纯文学刊物上发了一篇小小说，名为《局里二三事》，在我的单位影响之大实在出乎我的意料。

这不，早晨刚一上班，部长就把我叫到办公室。作为一般干部，我很少到领导那里去。听到领导召唤，不知是喜是忧，还真有点诚惶诚恐。

蒯部长满脸笑容，问：小陈啊，最近忙什么呢？

我搓着手，涨红着脸说：没忙什么，没忙什么，就是生产科手头上一些报表的事。

部长仍然笑眯眯的，顺手拿起一份杂志，说：这个小说写得不错嘛！只是这个马局长你写得有点夸张，腐败有点过头了啊。

我尴尬地说：您说的是，您说的是。

部长语重心长地又说：这个爱好很好。写写小说，反映社会，映照人生，好。只是写的时候还要实事求是，不要过分渲染，还要手下留情啊。

我心里扑通扑通直跳，不知说什么好。

部长又说：当然啦，文学作品来源于生活，又高于生活。一定的虚构还是允许的嘛。部里也会给你提供写作的条件，盼望你写出更多更好的作品。作为奖励，送你一件礼物。这个可不是腐败来的呦。说着，拉开书橱的抽屉，拿出一条黄鹤楼。我知道那烟价格在千元以上，够我写十几篇小小说的稿费了。

我拿着烟仓皇地走出了部长办公室。

回到自己的办公室还没坐稳，办公室主任老谢打来电话让我到他那里去一趟。

谢主任是个文人，他找我干什么？我忖度着。

一到谢主任办公室，谢主任便拉过自己的办公椅，坐到我的对面。

他眨了眨略微有些浮肿的小眼睛说：不错嘛，发小小说啦？

我说：是，就是晚上没事瞎划拉，没想到给发了。

谢主任叹口气说：我原来也是文学青年。只是听到三教九流的说法后，改变了主意。知道三教九流是指什么吗？

我说：大概知道，儒墨阴阳名法道，纵横杂农外加小，九流十家中不带小说家玩儿，小说家胡编乱造不入流。您说的是这个意思不？

谢主任睁大了眼睛，半天也没眨一下，定定地看着我说：没看出来么，厉害啊，厉害！写小说不入流，但也能成家。好，我给个奖励。这是我上次到新疆在当地买的一块玉。昆仑玉，不值钱，做个纪念吧。

谢主任从来都是铁公鸡，根毛不拔。今天还真是让我感动了一把。

过了不大一会儿，团委李书记又来到我的办公室。小伙子长得很帅，一米八的个头，一身蓝色的西装，宽宽的肩膀，浓黑的头发，一副铬丝眼镜架在高高的鼻梁上。这个李书记还真和我作品里写的那个有婚外情的科长长相差不多。

李书记一进屋，就高声喊着：大作家！是不是该请客啦？

我也玩笑着回敬：请什么客啊？

他说：还请什么客？大伙都说了，咱们部里出了个作家。真是该庆贺一下啦！这样吧，你也别推脱，私宴我来做东。你叫着几个要好的弟兄，咱们就今天晚上安排。

还没等我表态，李书记拍了我一下肩膀：就这么定了，今天晚上见！看来这饭是推不掉了。

半夜躺在床上，我趁着酒兴想了想小说发表以后所发生的事，兴奋地辗转反侧，难以成眠。凌晨 1：00，我一骨碌爬起来，一气呵成另一篇小小说《小说发表以后》。

第二天，科长找我谈话，说为了便于作家体验生活，领导慎重决定：调小陈同志到 20 里地以外的鸡窝矿巷道组任统计员。

音克游戏

竟

嘛叫音克游戏？

其实很简单。就是网上玩的那种游戏：把音和克两个字摞起来，音在上，克在下。让人从组合和分解中看看都有什么字。

我晚上 8：00 用微信编了一个段子发了出去。段子是这样编的：您看看都有什么字？看不出字的是白痴；看出 4 个字的是痴呆；看出 8 个字的是痴呆边缘人；看出 10 个字的为正常；看出 13 个字的为天才；看出 15 个字以上的为神经病，直接可以入院啦！

我的微信圈里有四十多人，半个小时内收到了 6 条回复。

远在北京的老婆见字如面回复：看到 8 个。

我回曰：接近痴呆。努力！

老婆笑骂回曰：痴呆老公好！

外地同学平安一生回复：哇塞，我看到 9 个字——音、克、立、日、早、十、兄、口、儿。

我笑回：逃离危险，恭喜！

同学哂笑回曰：准是不准？

同事海纳百川回复：我看到 10 个——音、克、立、日、早、十、兄、口、儿、章。

我又笑回：没有痴呆，祝贺！

同事大笑回曰：但愿如此！

朋友化语不言回复：至少 11 个——音、克、立、日、早、十、兄、口、儿、章、一。

我接着笑回：呵呵很棒，点赞！

朋友嬉笑回曰：谢谢鼓励！

75 岁的老校长老当益壮回复：我只看到 7 个——音、克、立、日、早、十、兄。我是不是痴呆了？是不是很严重啦？你看，现在血压都有点高了。

我一惊，苦笑着赶紧回曰：您看的时间不到，您别着急，您再看看，您明天再回复我。他们都是看了两天才看出来了。

老校长嘿嘿笑着回曰：嘿嘿，你撒谎都不会。老啦，看来是不中用了，连这个都看不出来了。

还想再劝劝老校长别当真。正迟疑间，现任年轻校长将你一军回复：至少看出 20 个——音、克、立、日、早、十、兄、口、儿、章、一、古、亘、六、士、旦、干、二、三、兀。你说我是不是可以直接入院啦？

我大惊失色，几乎又哭又笑地回曰：呵呵，哈哈，嘿嘿，嘻嘻，忒厉害，您可是天才中的天才，世间少有啊。

年轻校长开怀大笑着回曰：明天上午到我办公室，我有事找你。见不着我，你直接到市安定医院好了。

我……我赶紧删了那条微信。

我一夜未睡，差一点自己进了安定医院。

隐身私访

网上有一家卖隐身衣的公司。电话接通，钱打过去，三天后，我收到一个快递邮件。

打开邮件，仔细检查，果真有一件变换着不同颜色、薄如蝉翼、弹性极强的连体衣裤。

我溜进书房，脱掉自己的衣裤和鞋子，穿上隐身衣。然后走到厨房门口，看到妻子正在那儿忙着刷家伙，我吆喝一声：哎，翠花，看这儿！

翠花回头，茫然地看着四周：你在哪里？让我看什么？

我说：我就在你跟前啊？

翠花：亲爱的花总，你别闹啦。没看我忙着么？该干嘛干嘛去。

这家伙果然看不见我，我迅速抽身回到书房，悄悄给我的公司办公室主任李亮打了一个电话。我告知他：这几天有事，不能去公司了。公司的业务由蒋副总操持办理。

然后，我悄悄地开车去了公司。

车停到院里。远远地看见质检科张科长和技术科小姜科长在院里的树下聊天。

我蹑手蹑脚走到他们跟前，他们果然没有察觉。就听小姜说：不知花总今天怎么了？年底这么关键的时期，他不应该不到公司来啊。

平时我非常倚重的张科长嘻嘻哈哈地说：花总嘛，据说花得出奇，泡妞积极，放荡不羁，生活奢靡。嘻嘻，哈哈。肯定是疲劳过度，难理朝政啦。

谁知平时我不怎么看好的小姜愤愤地说：别胡说。我了解花总。他姓花人不花，出身好人家。你背后说人家的坏话可不厚道。

张科长脸上红一阵白一阵：哼，他给你什么好处了？

小姜说：没有给我什么好处，但我知道他是个好人、正派人，这就足够了。

张科长一听这话，讨个没趣，甩袖而去。

我赶紧上了二楼。看见财务科的门开着，我迅速溜进室内，站到了报销窗口。这时一个女士拿着报账单走了过来，这个人我不认识。

我看见财务科老科长范同站起身笑脸相迎，他主动问女士：报销啊？

女士笑着说：是。听说花总不在，就来了。

范科长说：趁他不在，你们分公司有单子赶紧拿过来，都给你们报了。

女士感激涕零地说：谢谢，谢谢，哪天请科长吃大餐啊。

我悄悄走出财务科。直接去了办公室。

办公室门虚掩着。我慢慢推开门，沉了一会，走了进去。李亮不在办公室外间。听办公室里套间传来稀里哗啦的声音。

我悄悄靠近里间小门。从门缝看过去，李亮正和办公室秘书、内勤、干事在码长城！

李亮玩得很嗨：放心吧，花总过几天才上班呢。咱们打他三天三夜，有钱你们就给我掏吧！

其他几个人调侃说：要是花总来了，你不怕挨收拾么？

李亮仰头大笑：哈哈哈，收拾？你们懂个屁？跟一把手关系不铁，你还混个什么劲？没听说，寡妇不行，就是因为上边没人啊。

大伙哄的一声笑开了。

我赶紧躲开，下楼回家。

第二天，我来到公司。大伙愕然。

不是几天不到公司么？怎么来了呢？

我通知李亮，公司召开中层干部会议。

会上我宣布：提拔技术科姜科长为公司副总经理，负责技术工作。质检科张科长调一分公司金工车间任段长。李亮调二分公司木型车间任段长。财务科范同科长因年龄原因退居二线，享受副科长待遇。

会后，蒋副总问我为什么这么调整。

我说，知人知面不知心，隐身私访识真人啊。

文评

老谢是市建筑公司的老同志、老领导，德高望重。虽然他已退休多年，但公司调整领导班子时，一般也要听听他的意见。老谢呢，很善言谈，也会直抒己见。

老谢是个古董迷，鼓捣古董有一套。平时讲话也多跟古董行话有关，十分有趣。那年刚刚调整完班子，我们就去登门拜访。一看有来人，老谢急忙放下一个不知什么年代什么窑口的青花罐，摘下油乎乎的老花镜，热情地招呼我们几个坐下。

老谢知道我们的来意，茶刚刚沏好，他就自顾自地侃上了：

你们几位辛苦。我知道选人用人不容易。

选上来的这几位经理我没有多少了解，但从我观察的情况看，给几句文评，仅供参考：器形一般，品相稍差，包浆不足，年份不够。你们想想看，是不是？

我有些不太理解，好奇地问：您指的是？

老谢眨眨眼说：就拿这个关总经理来说吧，瘦骨嶙峋，腰细如柳，行走蹒跚，说话踟蹰，我看恐不是担当大任的人。

我心中先是咯噔一下。

你再看这任副经理。他主管经营，但从他五官上看，眉不清目不秀，鼻子两侧忽地凸起一坨疙瘩肉，嘴唇厚下巴瘦，两只耳朵支棱着像是雷达搜寻目标恐怕信号有遗漏。此人谨小慎微，搞经营恐力不从心。

我想了想可能也有些道理。

接着再说这蒋副经理，他负责设备管理，整个人皮肤粗糙，没有光泽，浑身黝黑，头发稀疏。一个干部不见得光彩照人，但也应该注意自身塑造和自身形象。蒋副经理负责设备购置维修工作，谈判交流是少不了的，恐怕还得多多修炼才是。

我突然觉得这老爷子太厉害了。

最后再说这梁副经理，今年可能还不到 30 岁，委以重任让年轻人勇挑重担本无可厚非，但是这么年轻负责这么大一个公司的生产管理，明显经事太少，经验不足。责任很大，担子不轻，需要历练啊。

妈呀！我差点喊出声来。

这时，组织部焦部长说了句：我们看看再说吧。

当然，这事一看就是 3 年。3 年后的今天，4 位经理交了答卷。

在全国经济不景气的情况下，公司年年效益攀升，今年达到最高点。一万多人的公司，利润竟然达到 10 个亿。全公司沸腾了。

于是我们又去老谢，哦不，谢老家登门拜访，谢老笑呵呵地迎我们几个进门，刚一落座，谢老就又打开了话匣子：

我说焦部长，还是你们眼光独到。什么器形，什么品相，什么包浆，什么年份，都是扯淡的事。我是弄明白了，搞工业，搞建设，搞发展，干部实干是硬道理。不干真是一点马列主义都没有啊。我们还是应该提倡实干精神。公司这届班子选得好，选得好。个个是精品，个个是精品啊。

谢老的评价老好，大拇指竖得老高，我们几个见好就收，个个高兴得赶紧往外尥。

运动员娄义

那天跟同事老黄到他乡下老家游玩，在街上遇到一个老乞丐：他衣衫褴褛、双眼呆滞、蓬头垢面、手脚哆嗦、蹒跚而行。他瞅瞅我的绿色军用水壶，突然非常亢奋地喊了声：该运动啦！

我有点害怕，问老黄：这是谁啊？

老黄嘿嘿笑着说：是运动员娄义。

什么？运动员？蝼蚁？

不是，是娄义。

老黄接着解释说，娄义是娄家庄本村坐地户，我们这些外姓的都是移民而来。娄义原来也挺好，可是"文革"期间人变了。

他那时才二十多岁，参加了一个什么战斗队，穿着绿军装，带着绿帽子，箍着红袖标，喊口号，破四旧，拳打脚踢，四面出击，组织批斗会，揪斗地富反坏右，把一个娄家庄折腾得鸡犬不宁。猫狗见了他，赶紧靠边走，他可是嗨了一阵子。

但是，有句话叫搬起石头砸自己的脚。娄义玩得正在高潮的时候，有人给他贴了一张大字报。说看见他夜里偷了生产队一把小葱，悄悄地送到了富农小寡妇枣花的家里，并且在她家还呆了一阵子。好家伙，不得了了，火药桶点着了！

不到一天工夫，枣花家的窗户和门上挂上了白色的黄色的棕色的黑色的破布鞋若干双，娄义家的门上贴上了两个大大的汉字：流氓！

可怜的娄义这回就是跳进黄河也洗不清了。因为是运动，没人听他解释，没人听他说明，没人听他陈述，没人听他辩护。流氓就是流氓，偷了小葱不要紧，还偷偷地送给了富农寡妇，是偷了东西又偷人，不是流氓是什么？说流氓还便宜了你！于是乎，一个流氓的标签就牢牢地贴到了娄义的脑门上。

　　自此以后，村里的斗争形势一百八十度大转弯，娄义那个战斗队彻底被击垮，但娄义自此就中了邪，见人就神经兮兮地喊：该运动啦！所以大伙送他个外号：运动员。

　　有了运动员这个"光荣"称号以后，娄义深受其害。村里人见了他都躲着走，不躲着走的就不怀好意地逗他，是不是该运动啦？每当此时，娄义脸上露出灿烂的笑容，然后又陷入沉思状。大概他的思绪又回到了"文革"那个与天斗其乐无穷与地斗其乐无穷与人斗其乐无穷的时代，他在回忆着那时自己的辉煌自己的成就自己的光荣自己的风光无限。每当此时，人们也会朝他断喝一声：什么该运动了，再怎么运动你也是蝼蚁一个！

　　娄义似乎听不明白，还在继续做他的运动梦。他政治上很敏感，只要社会上一有风吹草动，就兴奋一番，激动一番，抖擞一番。见人就喊：该运动啦！他50岁时才有人给介绍对象。可女方上了门还没等坐下，他振臂高呼：该运动啦！吓得女方一家立马逃之夭夭。

　　我问老黄：娄义现在指着什么生活呢？

　　老黄说：他无依无靠，孤苦伶仃一人生活。今年都七十多岁了，自己每天拾点废塑料酒瓶子烂报纸卖点钱，政府给他点最低生活保障补贴。可怜的是，他自己不知道去领这个钱。每次都是村上的干部给他送到家里。可干部们都怵头到他家里去。

　　我问：为什么呢？

　　老黄皱一下眉头说：每次干部们登门送补贴的时候，娄义都会来一嗓子——该运动啦！

风水

    乔其在一个大学担任教务长职务。人很谨慎，工作也踏实，家里人很看好他的前程。父母找人给看过，说他属于那种丰衣足食的人，只要心里虔诚就什么也不用怕。

    然而，老家就要迁祖坟。家里的叔伯哥哥说风水先生找好了，你来了听听他怎么说吧。

    乔其利用公休日的时间开车和父母回了老家。在村口，就远远地看见村北一块农田边上聚集了家族里的男女老少几十号人。

    乔其知道，阴宅风水在家乡是不得了的事情，男女老少都很重视。老一辈说好的阴宅风水可发旺后代子孙，可为后代子孙带来平安和富贵。《葬经》中说：葬都，乘生气也。意思是说立坟安葬，应该是在有生气凝聚的土地上。但是土地中流动的生气无形无象，究竟如何才能找出其凝聚之处呢？这就大有讲究了。

    见乔其到来，叔伯哥哥迎上来，把他介绍给风水先生。风水先生仙风道骨，长髯飘飘，看似得道之人。

    风水先生眯缝着眼看看乔其，说：是个文化人。

    乔其赶紧说：哪里哪里。幸会幸会。烦劳您啦。

    风水先生手拿罗经，口中念念有词，像是念着咒语。他说：今天我们就用缝针吧。

    乔其也不知道什么是缝针，就问风水先生。风水先生不屑地说：说了你也不懂。通俗地讲，缝针的目的在于纳水。就是要让墓宅内乘生气，外接堂气。

    乔其不懂，但知道这样肯定是为先人好也为后人好。

    风水先生瞄了一下罗盘，一言九鼎：就是这里啦！你们的先人们可以在这里休养生息啦。

如同得了圣旨一样，大家一阵欢呼，乔其却将信将疑。这时他想起算命先生要虔诚的嘱咐，于是也决定信了。

吃饭的时候，大家轮番向风水先生敬酒，先生也不推辞，喝了最少 20 小盅。只见他走路摇摇晃晃，胡子翘起来，手也抖起来，说话牛起来：告诉你，读书人，我给你选的这块墓地，接地气，顺天气，虽然家族里今后不会有人升迁做官，但我担保它会确保人人平安。

乔其赶紧端起一杯酒说：做官生不带来死不带去，还是平安的好，还是平安的好！

好！先生一高兴，一大杯酒就直接倒进喉咙里。

事情办完，乔其自己驾车回大学。路上与一辆三轮车相撞，左腿严重骨折，两根肋条也受了伤。路人把他送进了当地的医院。三个月后，乔其伤愈回到学校，教务处办公室的门却进不去了，原来学校统一装修，门换了。

乔其高高兴兴敲教务处的门，一位同事开门见到乔其脱口喊道：乔校长，恭贺恭贺！

乔其很纳闷，说：什么乔校长？你喊谁呢？我受了伤你还恭贺我？长点心吧你。

同事瞪大了眼睛说：怎么，您还不知道么？您已是学校主管业务的副校长啦，请客吧您！

贼腥味儿

河蛋是一个厂子的门卫，上一天，休三天，工作很轻松。工友们都出去旅游，他不，他爱鼓捣些玩意儿。

鼓捣嘛呢？他养鸡、养鸭、养狗、养兔子、养大鹅。

家里养肯定不行，就在离镇子很远的一处废弃的老宅院里养。那个院子我见过，不是一般的大。河蛋把院子分成几个饲养区，高台上养鸡，土坡下养鸭，平地上养鹅，房子后面养兔子，门房里养了一只凶神恶煞般的藏獒。周围用栅栏围着，院子里树木葱茏，有柿子树，有黑枣树，有苹果树，有桃树，有梨树，还有几棵香椿树。

树上的果子河蛋舍不得摘，就让它们自然成熟掉下来，全都便宜了那帮动物们。

这么多动物应该买点饲料才是，但河蛋不。他白天转菜市场，人家剩下的菜叶子菜帮子他都捡回来喂了动物们。春夏秋三季，夜黑风高之夜，河蛋骑着摩托到20里地以外的野地里有什么拿什么。瞧吧，老宅院的房顶上满是红通通的萝卜和高粱，还有绿莹莹的大白菜和金灿灿的黄豆和玉米棒。

他那个院子里晚上没人住，但白天常聚集着一拨人。狗剩和三棒子两个是那里的常客。

当然，聚集在那里也不能只是看热闹，都得做点贡献才是。

狗剩平时工作很清闲，有大把大把的时间。他白天也会出去偷点玉米啊，高粱啊，谷穗啊，白菜啊什么的。不过他不会骑摩托，只能骚扰附近的农民。当地很多农民都说地里的玉米、高粱、谷子、白菜被人偷了，但狗剩做事鬼得很，始终没人抓住他。四乡八邻不堪其扰。

三棒子是个游手好闲之人，平时没有什么正经工作，白天就长在那个老宅里，看看兔子，瞧瞧鸡鸭，哄哄藏獒，逗逗大鹅。有时也会跑到镇子里，趁人不太注意，就把人家墙头上晒着的白菜顺手牵羊了。但也有一次被人发现了——那天下午5：00，他刚把一筐白菜扛到肩上，主人就发现了。主人大喝一声：你给我放下！三棒子嬉笑着说：不让啊？主人生气地说：多新鲜哪？三棒子讪讪地说：不让就不让，生那么大气干什么？不拿不就完了么。说着假装走开了。过了一会儿，又返回去把菜扛到肩上，没想到人家主人没走远一直盯着他呢。这次抓住了想不饶他，可三棒子一句话把主人给逗乐了：我就是想试试你警惕性高不高？主人哭笑不得地说：你快走吧！

平时两个人都义务给河蛋干活，河蛋呢，偶尔也会拿好酒好菜招待他俩。每次喝酒都会炒一盘鹅蛋，一盘鸡蛋。

最近一次喝酒，河蛋三两酒下肚，就涨红着脸问他俩：这炒鹅蛋炒鸡蛋跟饭店里的有什么不一样？

狗剩说：香！

三棒子说：鲜！

河蛋说：你们说得都不对，你俩就没尝出这蛋有点什么别的味道？

狗剩和三棒子瞪大眼睛伸长脖子问：什么味儿？

河蛋哈哈大笑：什么味儿？贼腥味儿呗！

哈哈哈哈，狗剩笑了，三棒子笑了，好像鸡也笑了，鸭也笑了，兔子也笑了，藏獒也笑了。

第二天早晨，河蛋像往常一样打开老宅的大门，感觉有点不对劲儿，迎面而来的是一股贼腥味儿：藏獒睡在那里，身边放着半只吃剩的肉包子。辛辛苦苦养大养肥的几十只鸡鸭兔鹅一个也没剩，夜里让同样也喜欢贼腥味儿的人一窝都给端了！

债

松哥是一所市重点中学校长，很年轻的时候就评上了特级教师，做校长也做得风生水起。他说他是 1977 年恢复高考时候报考大学的，但当时不是他自己报的名，为报名他还欠了人家一笔债。

我问：欠了多少钱？

他说：不多，只有 5 毛。

啊？5 毛？什么钱？

报名费。

怎么这么便宜？

那时就这么多。这标准还是中央政治局开会决定的。

那你说说那年高考的事呗。

松哥皱了一下眉头，看着远处霓虹灯闪烁中的高楼，思绪被拉回到 30 多年前：

那年我还在唐山老家一个村子地里挖沟，休息时，远远地看见大队部播音员——同村同生产队的回乡青年娟子跑了过来。

松哥，知道不？高考制度恢复了。我们可以报名考大学了！

真的么？

真的。

听完这话，心里又咯噔一下。想想自己的家庭成分，想想还戴着四类分子帽子的爹，想想自己"可以教育好的子女"这身份，不免心凉了半截。

我说：娟子你行，我可能不行。

娟子说：咋不行呢？我知道你担心什么。可人家文件上说了，不唯成分，重在本人表现。你现在可是公社通讯员，还是可以拿枪的基干民兵，完全符合条件嘛！

我嗫嚅着说：恐怕还是不行。

娟子一听急了，拍拍身上的土说：你啊你，你等着，我要让你报上名，你可要好好复习啊。说完，娟子一阵风似地跑着回村里去了。

没想到，娟子真的到村里给我报上了名，还给我垫付了5毛钱的报名费。

1977年12月8日，我和娟子都上了考场。

4场考试下来，我各科都发挥得不错，后来发布成绩，我考了320分，上了本科线。报考了天津师范大学物理系，在那里度过了4年紧张而又快乐的时光。毕业后分到这所重点学校任教一直到现在。想想自己真正地实现了自身价值，也为教育事业做出了一点贡献。真得感谢国家给了我们这个学习的机会。我尤其是要感谢娟子啊。

说到这儿，松哥的双眼湿润了。

我赶忙问：那娟子呢？

她，她那年落榜了。

后来没考么？

没有。

那你把5毛报名费还给她了么？

还没有，但一直在还。已经还了几十年。准备还她一辈子。

咋回事？

松哥调皮地说：傻兄弟，她后来成了你的嫂子啦。

终生的记忆

2050 年，初春。天津某小区一栋住宅楼宽阔的阳台上。

阳光充足，光线射进阳台的每个角落。阿鹏已经九十有八，眯着眼，看着书，听着音乐品着茶，一只小花猫懒洋洋慢悠悠盘桓左右喵喵喵喵地叫着他。阿鹏陶醉着，心里美滋滋地好像乐开了花。毕竟岁数大了，竟然完全忘记阳台上还坐着一个我——来串门的大老沙。

我看看老友阿鹏，用手轻轻晃晃藤椅，阿鹏才从陶醉中回过神来。

我说鹏兄，你这几十年东奔西突，遇事很多，阅人无数。最难忘的事和人是哪一件哪一个？

阿鹏对这话题似乎很有兴致。哈哈，想听么？

当然。

阿鹏用手梳理一下满头银发，仍很明亮的眸子里透出一缕令人难以捉摸夺人魂魄的光。

我想是那一年的一位姑娘。他低声说。

姑娘？

是，是位姑娘。

阿鹏讲了这样一个故事：

那一年，我在太行山区一个大型钢铁企业工作。因为是高中外语教师，36岁那年，为适应教学工作需要，我决定开始参加天津市自学考试。

考试难我倒不怕，但外语专业有听说课，需要到天津来考，往返就得 1200公里，火车得坐 2 个整天！

漫漫路程，愁啊。阿鹏回忆说。

但愁也得来啊。没想到首场考试，竟然马失前蹄！

原来，听说课说的环节遇到一个难题。考官给了一个类似于脑筋急转弯的幽默故事问答题。说某个国家某个地方的海员在海上晃了几个月后上岸了，因为精神突然一放松就喝大酒，喝了大酒就闹事，闹了事警察就得前去平息。有一次，警官大卫接到报警，说有海员在一个酒馆里打砸抢。大卫立马带人去处理。但奇怪的是，大卫没带大个子警察去，而是带了个小个子警察。

有人不解，我们也不解。大卫为什么带小个子警察出警呢？

考官问我，我摇摇头，当时我真想问问他为什么。

于是，一个月后我接到早就预料到的听说课考试结果：未过！

我赶紧找来英文原文。一查，好么，考官也够坏的。原来原文后边有大卫的解释他给删掉了：为什么带小个子不带大个子呢？为了保护自己啊。你想，我带大个子去我就是小个子，歹徒一般是朝着弱者下手的。我带小个子去我就成了大个子，歹徒一般不会朝身大力不亏的大个子动手的！

这西方幽默急转弯害得我第二年又一次坐到考场上。阿鹏愤愤不平地说。

在候考的时候，我心里更加不平起来：你说我来参加一次考试就得奔波24个小时，人家市里人来参加考试骑着自行车或打的就过来了。老天啊，你怎么这么不公平？

没有想到，正在我这样为自己鸣不平的时候，发生了一件让我今生今世都难以忘怀的事，遇到了一个今世今生都让我羞愧不已的人。我先是听见候考室里一阵骚动，然后惊奇地发现三百多考生齐刷刷地站起来目迎一位姑娘进了屋，但那姑娘不是自己走进来的，而是让人抱着进来的！远远地看过去，那位姑娘已经浑身湿透，雨水加汗水从头发梢上不停地滴落下来，洒湿一路。

我想知道发生了什么。

我邻座的一位考友告诉我说，这个姑娘是位自强不息明星叫赵永琢。姑娘高位截瘫，常年坚持自学，为参加今天这次考试，她6：00就从家里出发了，冒着雨自己摇了两个半小时的轮椅才赶到这个考场！

当时如果有个地缝儿，我肯定毫不犹豫麻溜地钻进去！

阿鹏的眼神坚毅起来：老沙你知道，自此以后几十年，不论是工作、生活，还是学习，在我的字典里，再也没有困难、挫折、胆怯、退缩这些字眼儿。榜样是她——一个身残志坚的姑娘。

阿鹏深情地说：我一辈子都应该感谢她啊！

最后的孝道

很久很久以前，大屯村里有个不孝之子叫"幺麻"，这家伙从小到大东遛西逛，踢猫踹狗偷鸡拔烟袋，人见人烦。

其实，父亲对他要求很严厉。但是他仍然我行我素，终日游手好闲。父亲让他上东，他偏往西，把个老爷子气得胡子直抖，使尽了一切手段也拿他没有任何办法。

幺麻24岁时，他的父亲身染重病，眼看不治。病入膏肓之际，看看不听话的儿子，想想自己的后事，心里着实不踏实。因为按照当地的说法，人死后应该用木头棺椁盛殓，传说用石头棺椁盛殓的人下辈子不能转世。

幺麻的父亲为这事可费了心思。

他想：我家这个混蛋小子啊！你说我要让他用木头棺材吧，他肯定用石头棺材。要让他用石头棺材呢，他肯定会用木头棺材。

得，有啦！老爷子弥留之际，让人把幺麻叫到床边，他用极其微弱的声音说：孩子啊，我死后，一定记着买个石头棺材啊！

幺麻一看爸爸要撒手西去，也掉了眼泪。他点点头，跺跺脚，凑到床前对病入膏肓的父亲说：爸爸啊，实在对不起。让您操了一辈子心。我一辈子没听过您的话。这次我就听您一回。您放心，我一定按照您的嘱咐，尽个最后的孝道。我向您保证一定给您买个石头棺材！

老爷子一听这话，登时气绝而亡。

所以，后来只要当地有孩子不听劝告，像犟牛一样牵着不走，打着倒退时，老人们都会这样呵斥他："你个幺麻！"

你，是幺麻么？

王老大

王老大是个画家，人很聪明。

他聪明到什么程度？我给你讲讲他的故事。

那一年我们跟他爬黄山，当时已经接近中午时分，可才刚到半山腰，我们肚子就已经咕咕地叫了。山路上游人很多，向上看去一片黑压压，向下望去黑压压一片。我和岁数不小的画家老张可真犯了难。

山路弯弯，路本来就不好走，碰巧刚刚下过小雨，山路上有些泥泞，路被堵得严严实实，下没有退路，上没有通道。

突然，有人一声断喝：谁，你谁，你们都是谁啊？闪开，闪开，他妈的太上老君在此！

妈呀，只见一人披头散发，头上插着一朵狗尾巴草，脸上糊的全是黑黑的泥巴，手里拿块石头，上身一丝不挂，蓬乱的头发迎风直立，颤巍巍的赘肉白花花。仔细一看，我不禁吃了一惊：王老大！

王老大喊着，叫着，哭着，笑着，跳着，闹着，手舞足蹈，念念有词，行人见了自动闪到一边，攀行的人群中竟然闪开了一条通道！

我们真是佩服王老大的聪明，便紧随其后，快速向山顶行进。

道上也会遇到一些无聊的游客，好不容易见到这么个疯子，就想找个乐儿解除一下登山的疲劳。一个小伙子见王老大疯疯癫癫，就追过来问：哎，你哪里人啊？

王老大翻翻白眼说：天宫中人。

小伙子兴致更高了，问王老大：结婚了么？

王老大大声回答：结婚了。媳妇是天仙，生个儿子是牛魔王。

小伙子一听乐了，知道这位确实是个疯子，而且疯得不轻。

小伙子还不甘心，还想试试，就一边走一边从旅行包里拿出 100 元和 20 元两张票子，问王老大要哪个？

王老大不假思索，说：当然要大的！伸手把 20 元抢在手中。

游人笑成一团。于是张三、李四、赵六、王二麻子个个慷慨解囊，都想试试这疯子识不识数。

王老大每次都是拿最小的那张。大伙又是笑得前仰后合，不能自持。

一路下来，一个把戏，王老大竟然收获千元左右。

到了山顶，我好奇地问他：你为什么拿小的不拿大的那张呢？

王老大翻翻白眼：记着，一个贪得无厌的人只能赚个小钱。你只拿大的，谁还会再拿你找乐啊？你看，这门票、午饭钱不就都齐了么？

我……

回头看看被我们甩到后面黑压压的游人，我和老张心里充满了感慨。

得吃饭了。我们三个正要走进一家饭店吃饭，突然两个警察拦住了我们。

一个警官看着裸着半身的王老大掏出证件说：警察！接到群众举报，说有个神经不正常的人到了山顶。那个人就是你吧！跟我们走一趟吧。

听到这话，王老大赶紧把手中的石头扔掉，但是为时已晚。

尽管他自己一再解释、说明、证实，我们一再解释、说明、旁证，王老大还是作为疯子被毫不留情刻不容缓地请上了警车！

不是小说

国庆长假，铁老太爷四代人在院子里聊天。

铁老太爷已经96岁，是个老革命，耳不聋眼不花。他饮一口香浓的福建岩茶，清清嗓子，捋捋花白的胡子说：我最近一直关注反腐败工作。我们四代人都曾经在机关工作，都经历过反腐斗争，那大家讲讲故事和感受呗。

铁小弟哄太爷高兴，就自告奋勇，要求先讲。他说，他现在就在纪检部门工作，天天接触案件，真是触目惊心啊。去年他们接到举报，说一个处级干部包养情妇，贪污腐化。结果查明，这个处长利用手中的权力，吃拿卡要，竟然受贿9000万，利用受贿得来的钱又在外面包养了3个情妇，并且都生了孩子。最可笑的是，3个情妇生的孩子最后做DNA鉴定，竟然一个都不是亲生，那3个情妇竟然都是吃一看二眼观着三，玩了这家玩那家，家家都是一枝花，这家做情妇，那家当着妈。最后这位处长被判无期徒刑。

铁老伯今年五十多岁，曾在南方改革开放前沿地区工作过。他说：太不像话了，该判。他认识一位县委书记叫王仲。王仲是改革开放后第一个因腐败被枪毙的县委书记。他较早收受的贿赂是一台17英寸黑白电视机，来自当地一个公社广播员。尝到甜头，他胆子越来越大，开始大量收受、索取港商的电视机、收录机、电冰箱，然后转手卖出。1983年1月17日，在汕头市人民广场举行的审判大会上，重大经济罪犯王仲被依法判处死刑。

铁爷爷说，你说的这个该毙。你们知道新中国成立之初，全国范围内开展了反贪污、反浪费、反官僚主义的"三反"运动。当时影响最大的就是刘青山、张子善案。刘、张罪行之重不言而喻，但是对于如何处置他们，党内一些同志却产生了犹豫，不仅因为这两个人位高权重，还因为他们都是久经革命考验的老干部。1951年12月初，河北省委召集党代会主席团成员开会正式宣布逮捕刘、张时，我就在现场。当时绝大多数同志衷心拥护，少数同志感到突然，表示沉默。12月20日，中共华北局经研究后向中央提出了对刘、张的处理意见：
"为了维护国家法纪，教育党和人民，我们原则上同意将刘青山、张子善二贪污
犯处以死刑（或缓期两年执行），由省人民政府请示政务院批准后执行。"党中
央对此事态度非常明确，但在考虑量刑时十分慎重。1951年12月下旬，华北局
通过河北省委征求了天津地委及所属部门对刘、张两犯量刑的意见。结果是，
地委在家的8个委员的一致意见是处以死刑。地区参加讨论的552名党员干部
的意见是，对刘青山，同意判处死刑的535人。中央主要领导看到上述材料，
在请党外民主人士传阅并听取他们对量刑的意见后，决定同意河北省委的建议，
由河北省人民法院宣判，经最高人民法院核准，对刘、张处以死刑，立即执行。

铁老太爷说：他俩是罪有应得，那么大的罪过不判处死刑那还得了。你们
知道抗日战争期间多大的过错可以被处决么？

大家摇摇头说，不知道。

铁老太爷陷入沉思中。随后他讲了一个故事，让三代人都陷入历史的思
考中。

铁老太爷说，他原来在129师部服役。那还是在1943年秋天的一个中午，
高等法院的工作人员老晋从伙房回自己的住处时，看到一个孩子饿得哇哇直哭，
就一狠心把自己的二两指标给了孩子。但他自己没有吃的就吃了很多野菜。野
菜有毒，他患上了严重的痢疾，拉得前腔贴后腔。夜里饿得实在忍不住了就到
老乡的地里偷掰了一个玉米。这件事被院长知道了。他叫来老晋询问，说，老
晋啊，你好糊涂。我知道你天性善良，但是饿了怎么不跟我说一声，怎么能违
反纪律去偷玉米？这件事情老乡们跟我求过几次情，说你心地善良，乐于助人。
但是这件事情得上报师部，看师部怎么处置吧。当时老晋悔愧不已，眼泪止不
住地流。你们猜这事最后怎么处理的？

爷几个摇摇头。

第二天师部下了命令，老晋被执行枪决！

啊？

左右为难

秦强是我的同学也是朋友，他去年上任工商局一处处长，当天高兴地来看我，进了办公室还没落座，就抛出了一个我意想不到的问题：你说跟下属谈话时是开门好还是关门好？

刚开始我不解其意，突然，我意识到点什么，就故意问他：是男下属还是女下属？

他呵呵笑着说：你可真变态，当然是女下属。

我说：你这么一个正经单位，怎么会有这么八卦的问题？

他严肃地说：不是我八卦，真是出过事情。

我说：清者自清浊者自浊，开门关门都一样。

他更加严肃地说：你不知道机关人际关系的复杂程度。我的上任还真是出了事情。

出了什么事情？

他说：其实，很无聊的事情，但是却发生了。

我问：到底是什么事情？

他详细地给我讲了事情的经过：我的前任是个为人不错的处长，工作努力、严谨，就是对下属比较严厉。处里女同志很多，有位大姐有一天上班脱岗被他发现，他当着很多人的面批评了那位大姐，并且给她记了旷工。这大姐也不是省油的灯，就到处告状，违反劳动纪律挨处理当然到哪里告状都不会有什么结果。无奈，撂下一句话，咱们走着瞧！此后三年里没出什么事，结果去年发生了一件轰动的事情。

什么轰动的事情？

那位大姐有一天去处长办公室请示工作，刚一进去突然打开门大声喊叫起来：流氓，处长要流氓啦！一个楼层的人都跑了出来，这大姐连哭带嚎说处长……天啊，真是个爆炸性新闻，局里调查，上级调查，一下子处长工作没法干了，正好到了 58 岁，自己申请退居二线了。我在想，如果处长敞着办公室的门，那个大姐就是再无赖恐怕也不会得手。

我开玩笑说：万一是你们处长不正经呢？

秦强说：你快拉倒吧，他跟她先前闹成那样，无论如何也不可能的事。

我问他：那你怎么办？

秦强得意地说：怎么办？我早想好了，我跟下属谈话，就一概敞着门谈，并且谈话时一定要两个或两个人以上，跟一个人主谈，其他人坐陪。

我说：好使么这个？

秦强说：你就瞧好吧！

果然，半年以后再见到秦强的时候，他很高兴地告诉我：处里安静极了，平稳极了，和谐极了。

再半年，有消息传出来，秦强被人举报：长期与众女保持不正当男女关系，每次路过他办公室时，都能看到他办公室里坐着不止一个女的，而且经常听到众女发出的笑声。

听说秦强现在左右为难了。

作家情事

作家严雨著作等身，过去声誉一直不错，但最近几年坊间有些议论，好像是出了什么状况。

妻子庄蝶反映这些年严作家经常外出，电话、短信也叫不回来。

庄蝶的同学小倩在 A 市一所大学门口的餐馆里看见严作家和一个女孩子有说有笑，十分亲昵，十分扎眼，十分可疑。关键是这种情况遇上不止一次，当然有的时候也有男生，这就更加可疑。

庄蝶的朋友老张看见严作家每到月末就往邮局跑，神神秘秘，鬼鬼祟祟，有时还戴着一个鸭舌帽，帽檐压得很低，好像怕遇到熟人。填完汇款单，寄完钱，神不知，鬼不觉，溜之乎也。

综合以上情况，大家初步做出分析：严作家是有了情事。

于是，庄蝶暗中跟梢。

小倩主动地帮着打听。

老张积极地协助调查。

起初，一无所获。但半年以后，情况有了转机。

那是在一个毕业季，小倩在 A 市那所大学里发现了严作家的行踪。严作家竟然跟一个穿硕士学位服的女孩子在校园里照相。女孩子笑开了花，旁边站着严作家。小倩悄悄地掏出手机把两个人在一起的合影照了下来。

于是，庄蝶掌握了丈夫情事的证据。

庄蝶准备跟严作家正式摊牌，但一直想着采取怎么样子的方式才好。

两天以后，老张拿来一份《城市晚报》，一篇文章题目赫然：著名作家严雨助学记。

仔细看下去，庄蝶感动又惭愧。

原来严雨这些年写小小说，写短篇小说，写中篇小说，写长篇小说，写网络小说，尤其是写网络小说赚了一些钱。除了贴补家用外，大部分钱都用来资助那些上了大学的孤儿。六七年里共资助贫困大学生 10 人，有的毕业后就业，有的毕业后考取了研究生。

　　严作家资助的学生中有一个叫小娟的女孩子很特殊。她小的时候父母离异，她一直跟着爷爷和父亲生活。继父和妈妈起初还给他一些钱物支持，后来在一次车祸中双双丧生。本来还有亲生父亲，可也是黄鼠狼单咬病鸭子，亲生父亲也在车祸中死去了。父亲的死亡给爷爷的打击太大，爷爷身体本来就差，一病不起也去了，孤零零地剩下了小娟一人。那年她刚刚考入大学，眼看就得辍学。严作家从媒体上知道这个情况后，通过学校谈了自己用稿费资助孩子完成学业的想法，学校表示支持。这样小娟成了第一个受严作家资助的苦孩子。小娟学习很努力，本科毕业时因为成绩排名在系里第一，被保送读了汉语言文学专业的研究生。

　　报纸上一同登出的还有老严和小娟以及作家近些年资助的本校其他学院的 6 名男女学生的几幅照片。

　　报道中说，严作家不仅资助学生，还引导学生立志做对社会有用的人才。他自掏腰包定期约学生到饭馆小坐，谈学业，谈理想，谈人生，谈社会。每个受资助的学生都积极向上，阳光灿烂。小娟同学被评为优秀硕士毕业生，其他同学也通过努力获得不同层次的奖学金。

　　看着这样的报道，庄蝶眼中噙着泪花：老严啊，老严，这样美的情事你怎么不带着我呢？

真没想到

小学一位教师因为科研考核问题拿着一本杂志来办公室找我。

他说：处长，我记得这个《解读维果茨基》的文章好像是您写的呀，怎么这杂志里的作者换成都纳来了？

还有这事？

我拿过杂志一看，好家伙，第24页：《解读维果茨基》，作者都纳来。

我吃了一惊。

仔细看下去，没想到，这个都纳来还真大胆，竟然一个字也没改，竟然全文照抄！竟然整个一个都拿来！

我突然感到有些愤怒。我在想，这个都纳来是何方神圣？

于是，我一个电话打给这个都纳来所在城市的朋友。朋友说：这人我认识。他很牛，办有两家文化公司，是"教育大家研究会"的秘书长。电话是139……

真没想到。

我想了想，一个电话打到都纳来秘书长的手机上。

对方电话接得很快，官腔打得也很足：喂，哪位？听语气，很不客气。

此时，我倒有些没有底气了：您，您是，是都先生么？

对方很肯定地说：我是都纳来。给我打电话有什么事么？你是谁？

验明正身后，我也不客气了。很快地，"您"改作了"你"，我问他说：你是不是最近发表了一篇论文？

都纳来沉吟一会儿，说：你是不是说有关维果茨基的那个？

呵呵，估计这家伙平时写文章不多。

我说：是啊。你知道我是谁么？我就是文章的原作者。你那篇文章是怎么回事？

都纳来底气还是很足。他说：是这么回事。我呢，刚刚接了大家研究会的秘书长职务，杂志跟我约研究维果茨基的稿子，我上网搜了一下，发现你这篇文写得不错，于是就放到我办公室机子的桌面上了，没想到我的办公室主任送去发表了。

没想到，这家伙一推六二五。我此时迅速决定：不能放过他。

我说：你说得不对吧？我问问你，你说不是故意的，那你文章后面胡乱加了9个文献是怎么回事？文献里的乌申斯基、巴班斯基跟我的论文有什么关系？这么多司机（斯基）放到文献里，这都快成小车班了，你还说不故意？

都纳来一听，顿时没了脾气。只听他有气无力地说：您说怎么办吧？

我进一步敲打他：听说你有两家文化公司，还别耽误了你的正事。你不是说办公室主任把稿子拿走的么？那你也找我的办公室主任沟通协商吧。

于是，之后的两三天里，我的办公室小赵主任的手机差点让他打爆。小赵主任跟我说：我逮着机会就训他一顿，他已经服服帖帖了。

我开小赵主任玩笑说：你老训人家干啥玩意？

小赵主任嘿嘿笑着说：平时我们工作出错，您老训我们。好不容易逮着这么个不规矩的，不训他训谁？

他这一说，我气也消了，就嘱咐小赵主任：只要都纳来认识到自己的错误，就从轻发落他。吸取教训，不要再犯就是。

最后协商结果是：

一、缴纳来向原作者赔礼道歉。考虑他有公司运作，为了他的荣誉考虑，只在邮箱里书面道歉即可，但态度要诚恳。要求半月内完成。

二、原作在国家级刊物上以原作者名义再发一次，以正视听，消除影响。要求半月内完成。

三、为倡导诚实劳动，尊重劳动成果，原作稿费全部寄给原作者。要求半月内完成。

没想到，都纳来在一周之内就完成了所有任务！我大大地吃了一惊。

一个月后，我接到一家研究会在青岛培训班主任的通知。

一看通知，我乐了。没想到，组织者正是都纳来博士！

培训科长问我：派人去么？我用力地摇摇头，否了。

没想到，一周后，一个朋友打电话来说：青岛培训你们怎么没派人来？

我说：咋？

　　他说：好家伙，还真有能人。有个叫都纳来的博士组织的这个培训，每人会务收费800元，你知道来了多少人么？

　　我问：多少？

　　800人！800人呐。光会务费就64万。

　　好家伙，真没想到！

最后的话

老李头快要不行了，留下最后的话给儿子。

最后的话是委婉语，英文是 Last words，汉语就是遗嘱。

老李头的遗嘱很简单：一是走的时候要穿厚棉衣，怕那边冷，棉衣就在房梁上的包袱里，咽气前他要看着儿子们给他穿上。二是要留一封信给刘律师，信放在一个匣子里，待他走后方能拆开，信里有他对财物分配的意见。

儿子们没有提出意见。在遗嘱面前有意见也不顶用。

遗嘱一式三份，律师那里一份，公证处一份，儿子们留存一份。

一切都安排停当，老李头非常满足地看着自己非常体面地穿上厚厚的棉衣。儿子们都在等待最后的时刻到来，他们心里都有自己的小九九：老爷子信里写了什么呢？

三个小时后，老李头真的走了。

三个儿子此时意识到自己的父亲走了，而且是永远地走了，方才悲从中来，痛哭不已。

人死不能复生，哭也是没有用了。按照家乡的风俗，儿子们料理了父亲的后事。

但随后一场家庭战争似乎一触即发。

儿子们和儿媳妇们都在寻找老爷子说的那个小匣子。翻箱倒柜，疯了一般，房前屋后都找遍了，没有。

刘律师说你们别找了，你们的父亲告诉我了，只有我知道在哪里。

儿子们的眼睛都红了，说那你还不快点！

刘律师不慌不忙，从堂屋里不烧火的那个废弃了很久的灶膛里取出一个木头小匣。几个儿子马上围上去，恨不得把刘律师给撕了。

刘律师吹去小匣上边的尘土，打开盖子，几个儿子望上去，以为有什么宝物，却只见一张纸条，纸条下边是一密封的信件。

刘律师打开纸条，只见上边写了三句话：谢谢你刘律师。孩子们别着急。我真正的遗嘱在信封里。

刘律师小心翼翼地打开信封，里面有一封信，刘律师大声地把信读给三个儿子和他们的媳妇听：

孩子们，你们不用找了。

对不起，除了这封信，我什么也没给你们留下。请你们不要怨恨父亲。

在我生病卧床不起的这 3 个月期间，我见证了你们的孝心。老大来过医院一趟，老二来过两趟，老三来过三趟，每次来都是蜻蜓点水，十分钟不到，每天都是护工在照料着我。但爸爸不埋怨你们，爱不是等价交换，你们小时候生病我通常都是彻夜不眠地守在你们身旁，直到你们烧退下药吃下饭咽下人睡下。我要说的是，爸爸依然爱着你们！下辈子如有缘，我们几个还能做父子，爸爸依然会无怨无悔地抚育你们呵护你们关怀你们而不求任何回报。

那个你们在我病中就打得不可开交的翡翠鼻烟壶放在我的棉衣里烧掉了，省得你们三个人争来争去万一分配不公伤了亲兄弟的和气。

我知道你们一直盯着那 15 万土地补偿款，实话讲那笔钱也让我提前絮到棉衣里一同随我去了，省得你们不劳而获为了一点小钱毁了一辈子的拼劲和干劲。

但是爸爸最后还是要把真正的宝贝留给你们：要教育子孙孝敬父母，忠于国家，埋头苦干，多做贡献。这才是真正的传家宝，这宝贝恒久珍贵，世代流传！

永别了，孩子们。爸爸祝福你们！

你们的父亲
某年某月某日